AFRICA

왜, 아프리카인가

AFRICA

왜, 아프리카인가

글 · 사진 **나선영**

낯선 곳에서 외치는 일탈의 간절함과 다름을 인정할 때

우리는 아프리카의
유혹에 빠지고 중독될 것이다.

바른북스

지금까지의 아프리카는
잊어라

엇갈린 인생의 교차로에서 머뭇거리고 있다. 어린왕자가 불시착한 것처럼 시선 둘 곳이 없어진다. 운명의 갈림길이 있다면 지금이다. 잠재되어 있는 용기와 호기심으로 45개국을 20년 이상 몸으로 부딪친 소중한 결과물이다. 탐험과 모험, 경험과 호기심의 반복된 둘레 속에서 무엇인가 찾고자 수많은 시간을 쏟아부었는지 모른다. 목마름의 갈증은 끝이 없어 보인다. 채워도 채워지지 않는 역마살을 억누르기엔 주체할 수 없는 몸속에 열정의 DNA가 꿈틀거리는 것만 같다. 행복한 고민에 빠지게 하는 순간이다. 멈출 수 없는 상상은 배낭을 꾸리게 한다. 그때 무조건 떠나야 한다. 나는 그랬다.

인테리어라는 직업은 나의 여행과 함께한다. 프리랜서이면서 싱글이기에 가능하다. 나는 프로의 자존심이 있다. 여행가가 되기까지 두 가지는 중요하다. 일과 여행을 반복하면서 삶에서 놓친 부분도 있지만 후회는 없다. 수많은 사연을 담고 있는 사진과 빼곡히 써 내려간 순간의 감정들이 모인 노트들을 보면 가슴이 저리도록 찌릿함이 파고든다. 나의 선택을 믿었기에 후회도 없다. 낯선 곳이지만 머물면 익숙한 곳이 되기에 두렵지 않다. 꿈을 현실로 이루고 싶다면 지금 행동하라. 새로움에 몸부림치고 빠져들고 싶다면 결정하라. 온전히 나만의 시간에 충실해진다. 나의 전부가 된다.

헛헛한 웃음이 실없이 계속 나온다. 카메라 앵글이 원을 그리며 돌아가는 듯 보이지 않았던 나를 보여준다. 벼락 맞은 느낌이라면 이런 것일지도 모른다. 여운의 그림자는 오랫동안 따라다닌다. 삶의 패턴마저 바꿔 버릴 만큼 아프리카의 문화적 충격은 크다. 아프리카는 그런 곳이다. 특유의 쾌쾌한 흙 내음이 풍기는 땅에서 전율이 흐른다. 공항에 내리는 순간 무겁고 끈끈한 공기와 주변의 시선들 때문인지 숨이 턱밑까지 차오른다. 이방인을 낯설어하지 않는 순수한 눈망울에 마음을 빼앗긴다. 그 자리에서 다리가 풀려 주저앉는다. 내가 찾던 곳이다.

정상을 향한 킬리만자로에서의 멈출 수 없는 욕망과 꿈틀거리는 강한 애착과 사파리에서의 치열한 삶의 감동과 스치듯 지나가는 사람들의 밝은 영혼의 미소, 나미비아사막에 비친 처절하리만큼 찬란한 붉은 태양, 빅토리아폭포를 보면서 한없이 눈물만 흘렸던 찰나의 울림 그리고 인간으로서 범접할 수 없는 자연의 위대함은 3,000장이 넘는 사진으로 시간의 흐름을 대신해 준다. 가져보지 않은 것을 가지려면 가보지 않은 곳 아프리카로 가라. 지구를 한 바퀴 돌고 여기저기 기웃거린 시간보다 아프리카가 더욱더 강렬하다. 머뭇거리기엔 시간이 아쉽다. 첫 여행을 아프리카로 정해도 좋을 만큼 연륜의 무게감을 느낀다. 단순하고 가볍게 생각하고, 무지하고 편견에 사로잡힌 지금까지의 아프리카는 버려라. 아프리카는 최고의 선택이다.

남겨진 설렘을 달래고 정신을 차리고 보니 컴퓨터 앞이다. 나의 삶, 나의 생각, 나의 모든 것이 바뀌고 변해버린 지금, 이 순간이 행복하다. 소중한 행복을 지키기 위해 다시 아프리카로 가게 될 것이다. 까만 피부와 하얀 이가 보고 싶고 그립다. 현실의 벽이 가로막힐 때, 앞이 보이지 않아 막막할 때 '하쿠나 마타타(다 잘 될 거야).'는 주문을 걸어주는 단어가 된다. 함께 공유할 수 있는 삶을 꿈꾼다. 소소한 일상에서 불태우듯 살아가는 우리가 대견하고 자랑스러울 때 나는 일탈을 꿈꾼다. 일상과 일탈은 공존하면서 도움을 주기 때문이다. 누구라도 가슴속에 한 가닥 꿈틀거림이 있다면 대만족이다. 아프리카가 답이다.

"
만나게 될 사람은 언젠가 꼭 만난다.
"

목차

02 ··

Rainbow Africa

03

Tour of Africa

04

Interior of Africa

07

Why Africa

I Love
Africa

01

1.

아프리카 사람들
PEOPLE(white & black)

　지금까지의 삶은 일방적이었다. 소통이 아닌 나름의 올바른 시선이라고 생각하고 세상을 바라봤다고 해야 정확할 것 같다. 그들이 전부고 그들만의 세상이 최고인 것처럼 행동하고 따라 하고 심지어는 열광하고 정신세계까지 파고 들어가는 우리를 전혀 이상하다고 지적한 사람이 없었으니까. 당연히 미래를 준비하기 위해서는 그들을 알아야 했고 그들이 무엇을 하든지 촉각을 세우고 지켜보고 배우고 실행에 옮기고, 이제야 그들과 동등하다고 자부하기도 했다. 물론 대단한 사람들이다. 인정할 건 인정해야 한다. 세계를 지배하고 이끌어 왔고 앞으로도 그럴 거라 믿어 의심치 않는다. 그들한테는 저력이 있기 때문이다. 어떤 민족도 넘볼 수 없는 그들만의 잠재력으로 내면의 커다란 꿈틀거림이 있다는 걸 많은 사람의 만남을 통해서 알 수 있다.

　지금까지는 여행을 통해서 그들만 만났고, 그들만 만나게 됐었고,

그들만 알려고 했다. 우리 삶의 일부분이자 일방적인 모습이었기 때문이다. 아프리카에서조차도 처음엔 그랬다. 아프리카 여행의 첫 출발지가 남아프리카 공화국의 케이프타운이다 보니 적응은 빨리했을지언정 아프리카를 느끼지는 못했다. 심지어는 아프리카 속의 유럽인 케이프타운이 아프리카의 전부인 줄 착각한 적도 있었다. 그곳에서도 내가 만난 사람들은 거의 백인들이었고 대부분 관광객이었다. 서비스업에 종사하는 사람들만이 흑인이었다. 처음부터 거부감은 없었다. 그들은 친절했고 검은 피부색이 보이지 않았다. 나미비아에서도 흐름은 마찬가지였다.

    짐바브웨나 잠비아에서 조금씩 아프리카 흑인들의 모습이 서서히
눈에 들어오기 시작하면서 탄자니아에서 강렬하게 정점을 찍었다. 머
무는 동안에 적응이 되어서 아니면 익숙해져서가 아니다. 우리가 인종
은 구분하되 피부색으로 모든 것을 결정하고 단정 지어서는 안 된다는
걸 공교롭게도 그들의 피부색을 통해서 깨달았다. 수없이 많은 백인을
만났음에도 불구하고 그들의 매력이 점점 멀어지기 시작하면서 짧은
시간에 만난 흑인들이 눈에 들어오기 시작하게 되었다. 고민 끝에 내
린 결론은 그들도 똑같은 사람이라는 중요한 포인트가 있었다. white
people, black people이 아닌 그냥 people이었다.

우리가 동남아시아 사람들을 보는 시선과 백인들이 우리를 보는 시선은 이미지 면에서 어쩌면 같은 맥락일 수 있다. 백인들의 일방적인 시선을 바꿔야 하듯이 우리들의 일방적인 시선을 바로 잡아야 하기 때문에 먼저 이 글을 올린다. 그런 후에 아프리카를 접해야만 소통을 할 수 있고 이해의 폭이 넓어질 수 있다. 막연히 검은 대륙으로만 아프리카를 접근하지 않았으면 한다.

　조금이나마 여러분들의 시선이 바뀌었다면 절반은 이해하고 있다는 증거다. 아프리카에 대해서 정확히 전달하고 이해를 돕는 것이 이 글을 쓰는 목적이기도 하다.

2.

고마워요, 아프리카
멋진 자연을 지켜줘서

상상 속의 아프리카는 이번에 한꺼번에 사라져 버렸다. 아프리카
의 땅, 하늘, 바람, 별, 물, 나무들은 상상 그 이상의 가치를 가지고 있
었다. 나의 작은 가슴으로는 품을 수조차 없는 거대함과 위대함이 공존
하는 곳이기도 했다. 감히 그 어떤 대자연과 비교할 수 없는 짙고 그윽
한 향기를 느낄 수 있었다.

응고롱고로 분화구의 건강한 흙 내음을 밟으면서 그 속에서 자라
는 생명체의 소중함이 느껴졌고, 꿈틀거리는 땅의 기운이 아스팔트와
빌딩숲으로만 기억되고 있는 몸으로 전달이 된 듯했다. 케이프타운의
케이프 포인트로 향하는 해변에서 진정 이렇게 새파란 하늘을 언제 봤
을까 싶을 정도로 고개가 아플 때까지 쳐다보고, 또 쳐다보고, 그렇게
한동안 다리가 꼬일 정도로 얼굴을 떨구지 못했다.

　　세렝게티의 사파리에선 아스팔트가 깔려있지 않은 비포장도로의 쾌쾌하고 메마른 땅의 먼지가 바람을 타고 코끝을 간지럽게 했고, 나미비아 사막 한가운데 캠프장 텐트 안에서 빼꼼히 잠을 청하는 나의 얼굴에 별들이 쏟아질 것처럼 눈앞에서 아른거렸고, 불빛 하나 없는 사막에서 밤하늘의 초롱초롱 빛나는 별은 어둠을 밝히는 길잡이가 되어주었다.

　　짐바브웨의 빅토리아폭포에선 비 오듯 솟구치는 물보라의 용트림을 보았을 땐 빗물인지 눈물인지 모르게 흐르는 뜨거운 물줄기가 내 뺨으로 흘러내렸다. 탄자니아 모시에서는 몇백 년의 세월을 묵묵히 지키면서 자리를 지켜온 바오바브나무의 고즈넉한 자태도 신기했고, 킬리만자로에 가는 길에선 울창한 숲을 종일 걷기도 했었다.

대자연의 위대함을 말로 표현하기조차 조심스럽고, 직접 가슴으로 눈으로 봐야 광활함을 느끼고 받아들일 수 있을 듯하다. 있는 그대로를 지키고 보존하고 유지해 온다는 건 상당한 노력이 필요했을 것이다. 어쩌면 그들의 자존심, 아니 자부심일 거란 생각도 해본다. 이렇게 멋진 자연을 볼 수 있어서 행복하다. 이렇게 멋진 자연을 지켜줘서 고맙다.

3.

지금도 매일 듣고 싶은 말, JAMBO

LANUGAGE(Swahili & English)

다른 나라를 알 수 있는 방법은 여러 가지가 있을 것이다. 음식, 생활습관, 문화 등등 그중에서도 사람들의 대화를 통해서 문화와 역사 심지어는 정신세계의 영역까지도 포함해서 파고 들어갈 수 있는 쉽게 말해서, 더욱더 빠르게 이해의 폭을 넓힐 수 있는 중요한 요소가 언어라고 생각한다. 말을 한다는 건 의사전달과 소통의 수단만이 아니다. 그 나라의 모든 것을 대변해 주는 매개체일 뿐만 아니라 표현할 수 있는 유일한 도구다.

전 세계에서 사용하고 있는 언어는 무려 8,000개라고 한다. 놀라운 숫자가 아닐 수 없다. 자신들만의 고유의 표현 수단을 갖고자 함이 분명하다. 자존심이자 자부심이기도 하다. 그중에서도 아프리카에서 사용하는 언어는 2,000개라고 하니 그들의 언어에도 무언가가 숨어있는 매력이 있는 건 아닐까 생각해 본다.

영어의 사용 비율은 6%라고 하지만 느끼는 수치는 더 커 보인다. 그래서 세계 곳곳을 여행하다 보면 영어가 만국 공용어라는 말을 절실히 느낀다. 영어는 중요한 언어다. 우리가 거부할 수도 없거니와 외면할 수도 없는 필수 조건임에 틀림없다.

그런 영어를 아프리카에서는 일상생활에 전혀 지장 없이 자연스럽게 남녀노소 구분 없이 누구나 사용하고 있는 현실에 놀라웠다. 우리나라 사람들이 편견으로는 무지하고 가난하고 흑인들만 살고 있다고 알고 있는 그곳에서 말이다. 한편으론 부러웠다. 열심히 공부하고 연습한 영어를 백인들과 어우러져서 자연스럽게 사용하는 모습을 보았기 때문이다. 분명 그들 또한 공부했기 때문에 영어를 하는 것이다. 그 속에는 생계 수단으로서의 절실함도 자연스럽게 묻어나온다.

그들만의 언어 또한 당연히 있다. 남부 쪽은 아프리칸스어가 대부분이라면, 중부 쪽은 스와힐리어가 통용되고 있다. 스와힐리어는 발음이나 표기가 재미있다. 처음 듣는 언어인데도 낯설지 않고 귀에서 맴돌면서 어느 순간에는 자연스럽게 한마디씩 따라 하기 쉽다. 특히 스와힐리어 같은 경우에는 중독성이 강한 것 같다. 왜냐하면 처음 보는 사람한테는 물론이고 열 번이든 스무 번이든 만나면 무조건 인사를 하기 때문이다. 인사는 중요한 문화의 한 부분처럼 느껴진다. 같은 사람을 하루에 몇 번을 보든 매번 인사한다. 언어는 역시 반복이라는 걸 그때 깨달았다. 쓸 줄도 모르는 내가 반복을 통해서 따라 하고 있었고, 발음도 재밌기도 했다.

결론은 지금 아프리카에서는 영어와 모국어 아니, 내가 모르는 다
국어를 아주 자연스럽게 사용하고 있다는 사실이다. 참고로 스와힐리어
'Jambo'의 뜻은 영어로 'Hello'다. 지금도 매일 매일 듣고 싶은 말이다.

4.

# 커피에 숨은
# 아프리카 아이들의 손길
FOOD(Water, Wine, Coffee)

    삶의 욕구를 충족시켜 주는 요소 중에 의, 식, 주는 가장 기초적이고 본능적일 수밖에 없는데 그중에서 가장 으뜸인 것이 단연 식욕일 것이다. 어느 나라든지 상관없이 먹거리는 우리 삶의 중요한 에너지 역할을 한다. 요즘엔 전통음식과 퓨전 음식으로 사람들의 까다로운 입맛을 사로잡기도 하지만 세계에서 손꼽히는 요리 중 프랑스, 중국, 멕시코, 태국 등 여러 나라가 있겠지만 아프리카 음식을 경험한 후에는 생각이 달라진다. 많은 종류의 향신료로 만든 카레와 더위에 대처할 수 있는 구이 그리고 튀김 요리를 즐겨 먹고 있다.

신이 내린 선물, 열대과일 또한 먹거리 중에 하나다. 음식을 먹는다는 건 본능적으로 배를 채운다는 의미를 말하는 건 아닐 것이다. 그 나라의 음식 문화를 통해서 생활 습관이라든지 예절, 역사까지도 체험할 수 있는 좋은 경험이라고 생각한다. 먹거리에는 많은 의미를 부여할 수 있다. 그렇다면 아프리카만의 먹거리는 무엇이 있을까? 굳이 꼽자면 물, 와인, 커피를 빼놓을 수 없을 것이다.

첫 번째, 아프리카 물은 생명의 원천이다. 물 부족 국가가 대부분인 가운데 매일 매일 메말라 가는 더위를 이겨내기 위한 치열한 생명수다. 정화 시설은 말할 것도 없거니와 공용 우물에서 여러 사람과 공유하는 생활을 한다. 대도시는 상황이 나쁘진 않지만 외곽이나 낙후된 지역에서는 청정한 지역을 찾아볼 수 없고, 최대한 아끼려고 하는 모습에서 소중함을 느낄 수 있다. 현지인들은 물론이고 관광객을 포함해서 물 소비량도 무시할 수 없는 경제 산업의 일부분일 거라 생각해 본다. 우리가 항상 마시는 물의 소중함을 모르고 지나칠 때가 많다. 여기서는 저절로 알게 된다. 그들이 물의 소중함을 현실감 있게 처절하게 보여줬기 때문이다.

두 번째, 아프리카 와인은 오랜 역사와 비옥한 토양을 바탕으로 탱글탱글하고 쪼그만 포도송이의 조화 속에서 깊은 일조량을 바탕으로 이미 아프리카만의 브랜드를 정착시킨 듯 보인다. 땀 흘려 일궈낸 그들의 정성이 고스란히 담겨있는 듯, 한 모금 한 모금이 메마른 목구멍을 타고 가슴을 뜨겁게 만든다. 와인 마니아 사이에서는 오래전부터 유명하다. 이번에 아프리카 와인을 접하고 나서야 전정한 와인의 향과 맛 그리고 매력에 푹 빠졌다. 추천할 만큼 탁월하다.

세 번째, 커피 역시 아프리카만의 특화된 산업이다. 그들만의 향과 맛으로 전 세계인의 입맛을 사로잡고 있다. 그러나 그 내면을 들여다보면 어린이들의 값싼 노동력이 밑바탕에 깔려있음을 매스컴을 통해서 누구나 알고 있다. 모순덩어리다. 커피의 본고장에서 이런 안타까운 일이 벌어지고 있다는 사실 말이다. 어디서부터 잘못된 것일까? 가난을 대물림할 수밖에 없는 아픈 역사가 말해주는 듯하다. 그렇게 힘들게 재배한 커피가 왜 이리도 맛있는 걸까? 소비가 있으니 생산을 해야 하는 데 언제까지 아이들에게 커피의 노동시장을 맡겨야 하는지 마음이 아플 따름이다.

이 글을 쓰고 있는 지금도 아프리카에서 가져온 커피로 쓸쓸한 마음을 달래며 아프리카의 천진난만한 아이들의 얼굴을 떠올려 본다.

5.

당신도 나도 동물이다
ANIMAL

Let's go Serengeti National Park!

Let's go Ngorongoro!

세렝게티 국립공원(Serengeti National Park)은 탄자니아 북부와 케냐 남부에 걸쳐서 펼쳐져 있는 초원지대이며 빅5(사자, 코끼리, 버펄로, 표범, 코뿔소)를 비롯해서 300만 종이 서식하고 조류도 500여 종에 이른다고 한다. 우리나라 경상북도 2배 넓이를 Safari Game Drive(차를 타고 끝도 없는 길)를 동물을 찾아 달리다 보면 넓이에서 압도당하는 느낌이다. 마사이족은 이곳을 '시링기투'라고 부른다고 하며 '땅이 영원히 이어진 곳'이라는 의미인데 정말 맞는 것 같다. 또한 서식지를 돌며 대이동 하며 살아가고 있다. 각자 서식지가 다름에도 불구하고 '세렝게티'라는 한 울타리 안에서 끈끈한 생명력과 약육강식의 냉혹한 현실에서 살아남기 위한 몸부림은 오늘도 이어가고 있다.

물론 아프리카에 '세렝게티'만 있는 건 아니다. 나미비아의 에토샤 국립공원(Etosha National Park), 남아프리카 공화국의 크루거 국립공원(Kruger National Park), 케냐의 마사이마라 국립보호구(Masai Mara National Reserve) 등 많은 동물이 안전한 곳에서 보호를 받고 있다. 그중에서 유달리 세렝게티가 가고 싶었다. 아프리카 사파리 하면 세렝게티를 떠올랐고, 친숙함과 포근함을 동시에 느꼈다. 아마 우리나라 사람들이라면 단연코 세렝게티를 떠올릴 것이다. 동물의 왕국이라는 매스컴의 영향이 크다.

그들은 가난하지 않다. 그렇게 많은 동물이 있고 식물들이 있기에 부자다. 값으로 환산하기조차 어려울 정도로 자연유산으로만 보더라도 그 가치를 인정해 준 것이다. 황무지나 버려진 땅이 아닌 천혜의 자연을 품은 축복 받은 땅이다. 그곳이 삶의 터전인 아프리카 사람들이 부럽다고 처음 느꼈다.

그들은 자랑스러워한다. 사자의 범접할 수 없는 위엄한 모습, 목을
쪽 늘어트린 기린의 아름다운 자태, 하이에나가 먹잇감을 찾으러 어슬
렁거리는 날카로운 눈빛, 더위에 지쳐 몸에 물을 적시는 코끼리의 앙증
맞은 몸동작. 꼬리를 흔들며 무리 지어있는 임팔라의 모습, 수많은 동
물의 저마다 뽐내는 몸부림을 보면서 내가 살아있음을 느꼈고 내가 살
아야 하는 이유를 깨닫는다. 생명의 소중함이 불끈불끈 솟아오른다. 평
화롭게 살고 있는 사랑스럽고 귀여운 동물들을 보면서 나를 발견한다.
새로운 나의 모습이 보인다. 잊고 있었던 작은 삶의 불씨를 그들이 찾
아주었다.

6.

아프리카 음악이 주는 흥
MUSIC & DANCE

노래 제목 〈Jambo Bwana〉

"Jambo jambo bwana(잠보 잠보 브와나) / 안녕하세요, 안녕하세요, 선생님"

"Habari gani(하바리 가니) / 어떻게 지내세요?"

"Mzuri sana(므쥬리 사나) / 전 잘 지내요"

이렇게 시작하는 유명한 노래가 있다. 〈Jambo Bwana(잠보 브와나)〉라는 노래로 노랫말이 재밌고 멜로디도 쉽게 따라 부를 수 있고 하루에 한 번 이상은 들었을 정도로 귀에 익은 음악이다. 여러분은 아프리카 음악을 얼마나 아시나요? 아프리카에서 음악 장르가 따로 있다고 생각은 하시나요? 그들도 흥이 있고 한이 있고 몸부림이 있기에 아프리카 전통음악이 있는 것이다. 그곳에서 전통 악기를 가미한 신비의 화음으로 조화를 이루고 있는 독특하고 특별해 보이는 음악을 들었다. 음악을 좋아하는 저 역시도 아프리카 음악을 접할 기회는 거의 많지 않았기에 처음엔 생소했지만, 반복해서 듣다 보니 어딘지 모를 친숙함에 따라 부르게 되고 익숙해진 멜로디는 귀에서 입으로 맴돌기 시작했다.

레게 멜로디에 아프리카 언어가 섞여 묘한 매력을 전달해 준다. 그리고 랩까지 더해져서 다양한 장르의 영역으로 노래하고 있다.

아프리카 음악의 첫 느낌을 말하자면, 다듬어지지 않은 원석인 듯 파격적이고 강렬하고 때로는 선정적인 느낌이다. 물론 서정적인 심쿵한 음악도 많다. 그런데, 지금까지 들었던 팝송이나 재즈 뉴에이지 음악과는 분명히 다른 느낌이다. 가슴으로 파고드는 강한 메시지를 던져 준다. 자연스럽게 그들의 메시지에 귀 기울이기 시작하게 된다. 그리고 음악에 맞춰서 춤을 추게 된다. 몸은 자연히 움직이고 말로 표현할 수 없는 무언가를 노래와 춤으로 쏟아낸다. 혼을 담는다.

중요한 포인트는 음악이 어둡지만은 않다. 길거리에서 과일을 파는 콧수염이 더부룩한 할아버지의 손수레에서도, 손님을 기다리는 젊은 청년의 오토바이에서도, 종일 따가운 햇살을 맞으며 페달을 돌리는 아낙네의 재봉틀에서도, 한 끼를 해결하려고 식사를 하는 허름한 모퉁이 식당에서도, 음악은 존재한다. 행복해 보인다. 세상을 다 가진 듯 평화로워 보인다.

7.

# 우리는 기회가 없어요
HUMAN(인권)

인간의 권리는 어떻게, 어디까지 보장받아야 하는가? 개인의 가치관, 인생 철학, 삶의 방식 더 나아가서는 종교에 따라서 그 기준이 달라질 수 있을 것이다. 기본권 보장만큼은 누구나 공감할 거다. 우리가 성별, 인종, 사회적 신분 등을 정하고 태어나는 건 아니다. 다만 인간이 평등한 조건을 누릴 수 있어야 진정한 인권을 말할 수 있다고 생각한다.

안타까운 것은 그것이 태어나면서 결정지어진다는 사실이다. 성별이 다르고 피부색이 다르고 계층 간의 신분의 차이가 다르고 그것을 결정할 수 있는 아무런 물리적 생리적 현상을 가로막을 수는 없다는 것이 우리를 고민하게 한다. 아프리카에서는 지금도 피부색만으로 그들의 기본권을 보장받지 못하고 있는듯하다. 우리의 손길이 미치지 않는 해결해 줄 수 없는 어두운 그림자가 아직도 그들을 옭아매고 있다. 선택권은 없다. 결정권도 없다. 태어남과 동시에 모든 것이 정해져 있는 것이다. 우리도 마찬가지다. 단지 흑인들만의 경우는 아닐 것이다.

　　남아공 케이프타운에서 외곽으로 30~40분 정도 나가면 흑인들만 거주하는 곳이 있다. 타운십 투어를 신청해야만 갈 수 있다. 그곳에 사는 주민이 가이드가 되어서 직접 설명을 해주고 수익금은 거주민들에게 돌아가는 시스템이다. 개인적으로는 가면 위험하고 그들이 좋아하지 않는다. 그곳에서는 공동체 생활을 하고 있다. 열악하고 낙후된 삶의 모습 그대로의 민낯을 볼 수 있다. 허락 없이 사진 찍는 걸 좋아하지 않는 눈치다. 그것이 그들의 인권 보장, 찍히고 싶지 않을 권리다. 투어를 마치고 가이드에게 물었다. 판자촌의 암울한 현실 속에서도 모두가 하나같이 밝은 표정이 궁금했다. 답변은 간단하면서 뭉클했다.

　　"We don't have a chance."

　　정해진 운명에서 선택의 여지는 그 누구에게도 주어지지 않는다. 그것을 인정하고 순응하면서 행복을 찾아가는 모습이 아름다웠다.

8.

편안한 안식처가 필요해요
HOUSE(Interior)

    삶의 터전이자 안식처가 되어주는 집, 그 속에서 생활하는 시간은 일상에서 큰 비중을 차지한다. 그럼에도 안락하거나 편안함을 느끼는 공간이 아닌, 비를 피하고 더위를 피하고 외부의 환경으로부터 보호를 받는 단순한 생계 수단의 역할뿐이다. 가장 아프리카다운 모습일 수 있다.

    반면에 케이프타운이나 나미비아의 부촌에서는 전원주택과 고급저택이 심심치 않게 시야에 들어온다. 눈을 의심하게 하는 순간이다. 이들도 빈부의 차이는 어쩔 수 없는 자본주의의 심각한 문제다. 아직도 빈민촌이 넓게 형성되어 있는 곳에서 멀지 않은 곳에 고급저택이 즐비하게 자태를 뽐내고 있으니 말이다. 주거형태에 따라 다른 인테리어를 볼 수 있다. 자연친화적인 형태의 내부 구조로 되어있는가 하면, 자연에서 얻은 재료로 내부를 장식하는 모습, 현대식 조명과 가구로 유럽 스타일의 장식도 볼 수 있다.

　우리나라의 인테리어와는 다른 점이 있다. 우리는 벽지, 대리석, 친환경 마감재로 값비싸게 벽을 꾸미지만 그들은 간단해 보였지만 고급스러운 분위기를 연출하는 기술이 있는 듯하다. 벽과 천장, 콘크리트로 되어있는 부분은 거의 페인트를 칠한다. 기후변화가 없어서 페인트가 벗겨질 염려는 없거니와 색상을 수시로 바꿀 수 있다는 장점도 있는 것 같다. 골조는 그대로 살리면서 자연스러움을 끌어내려는 의도인 듯 보인다. 그곳에 데코레이션을 하는 것이 그들의 일반적인 인테리어 개념이다. 직업을 물어봤을 때 인테리어를 한다고 하면 데코레이션 쪽인 줄 알고 이야기를 하는 사람들이 대부분이었기 때문이다. 그만큼 실용적이고 현실적인 인테리어를 추구하는 모습이 더 강해 보인다.

　유럽의 영향을 많이 받은 흔적이 고스란히 담겨있어서인지 유럽

스타일의 장식이 친숙함 마저 느껴진다. 그중에서 인테리어의 마지막 자존심이자 꽃이라고 할 수 있는 조명의 절제미와 화려함을 잃지 않는 장식은 감탄을 자아낸다. 반면에 판자촌과 콘크리트로 형태만 남아있는 그들의 주거형태는 아직도 열악하고 허름하지만 서서히 변해가고 있는 건 분명해 보인다. 그러다 보면 서서히 빈부의 차이는 좁혀지리라 믿는다.

9.

무지개 속에 숨은 비밀
COLOR

무지개를 닮은 대륙, 신비로운 이름 아프리카!

용광로 같은 한낮의 따가운 햇살을 이겨내면서 새로운 열매로 탄생하는 노란 망고 속에도, 강렬한 태양의 따스함을 한 몸에 독차지하듯 매달려 있는 하얀 속살의 바나나 속에도, 축축하면서 기름이 달달하게 흐르는 비옥한 땅에서 대롱대롱 옹기종기 모여있는 보랏빛 포도송이 속에도, 작고 귀여운 한 입에도 먹기 좋게 탐스럽게 달려있는 초록 사과 속에도, 상큼하면서 시크하기까지 한 달콤함의 극치를 보여주는 모양도 특이한 파인애플 속에도, 시큼해서 얼굴 근육이 일그러지도록 만드는 주황색의 오렌지 속에도, 수분이 많아 더위엔 최고의 과일이자 빨간 속살이 예쁜 수박 속에도, 아프리카의 일곱 빛깔은 자태를 뽐내듯 어김없이 뿜어대고 있다.

　　나름의 빛깔을 자랑하듯 가판대에서 주인을 기다리며 수줍게 자리를 잡고 있는 모습이 너무나도 탐스럽다. 고운 빛깔만큼이나 사람들에게 입을 즐겁게 해주는 것과 동시에 눈을 호강시켜 주는 고마운 녀석들이다. 먹을 때마다 즐겁다. 그 빛깔을 만들기 위해서 얼마나 많은 시간을 인내하고 견뎠을까 생각하면 기특하고 대견하다. 자기들만의 빛깔을 마지막까지 희생하는 모습은 정말 사랑스럽다.

컬러의 조화는 순수함의 하얀색과 독특한 회색이 어우러진다. 태양의 강렬함은 단순히 빨간색으로 표현할 수도 없거니와 눈이 부시게 파란 하늘은 말로 표현할 수 없다. 고유의 색깔이 서로 뒤엉켜서 궁합이 맞을 때 극대화할 수 있는 것 같다. 각자 사랑스러운 색깔로 사람들에게 향기를 주고 있다. 향기가 없는 사람은 자신만의 색깔도 없다. 천편일률적인 똑같은 삶이 아니라 조금 다르고 독특하고 특별해 보이더라도 자신만의 색깔을 만들어 보자. 인내와 자기관찰을 통해서 멋진 미래를 만들어 보자. 각자 저마다 가지고 있는 색깔은 다르지만 함께 있으면 잘 어우러진 무지개처럼 말이다.

10.

더 늦기 전에
VISION & POSSIBILITY(가능성)

젊은이들이여, 야망을 가슴에 품어라. 우리는 할 일이 많고 해야 할 일이 많다. 좁은 땅덩어리에서 상대방을 짓밟고 올라서야 정상으로 가는 삶이 아닌 더 넓은 곳에서 자신의 잠재력을 키우면서 성장하는 인생을 살자. 선택은 여러분들의 몫이다.

가능성을 찾아서 무한한 미래가 있고 발전 가능성이 무궁무진한 곳 이제는 아프리카다. 늦었다고 생각할 때가 가장 빠르다. 나의 부족한 눈으로 본 아프리카의 가능성은 지금부터라고 생각한다. 우리가 아메리칸 드림을 꿈꿨을 때가 있었던 것처럼 제2의 아프리카 드림을 꿈꿀 때다. 충분히 좋은 결과가 있을 거라 생각한다. 철저한 준비와 깐깐한 현장조사를 토대로 신흥 산업에 적극적으로 뛰어든다면 밝은 미래가 기다리고 있을 거라 확신한다.

우리가 손을 내밀면 그들은 반드시 우리의 손을 잡아줄 거라 믿는다. 우리가 그들이 필요하듯이 그들도 우리가 필요하다.

걱정하고 두려워하고 망설인다고 해결해 주는 건 아무것도 없다. 우리가 풀어야 할 매듭이다. 특히, 그 어느 때보다도 어렵고 힘든 시기를 살아가고 있는 청년들이 아프리카로 귀를 기울이고 방향을 전환할 때다. 인생의 한 페이지를 잠재력이 있고 발전 가능성이 있는 곳에 과감히 젊음을 투자하자. 가치 있는 결과는 보장되어 있다. 이미 중국과 유럽에서는 오래전부터 정착한 듯하다. 지금이 기회다.

11.

변화의 바람을 타고
EDUCATION

기아와 가난으로 인한 황무지 대륙으로만 알고 있는 아프리카를 어떻게 인식하고 있을까? 학교가 있을까? 배움이란 존재할까? 어떤 언어로 의사소통을 할까? 혹시 배우고자 하는 의지조차 없는 건 아닐까? 수없이 많은 추측성 질문들로 난 머리가 아팠고 의구심마저 생기면서 슬슬 그들의 교육관이 궁금해졌다. 배움의 목마름으로 예전부터 절실하게 갈구해 왔는지 모른다. 가난으로 인해서 배움의 기회조차 없었을 것이다.

오랜 억압과 아픈 역사의 흐름 속에서 끊임없이 자신들의 정체성을 질문과 대답 속에서 해답을 찾았을까? 대물림 될 수밖에 없는 출생의 굴레 속에서 무엇을 생각하면서 살아가려고 발버둥 쳤을까? 그들의 잠재의식 속에는 희망이란 없어 보인다. 그러나 한 가닥 작은 불빛의 씨앗은 몽글몽글 피어난다. 현실의 불공평을 탓하기 전에 왜 그렇게 밝은 모습과 해맑은 미소를 하느냐고 어색한 질문을 던졌을 때 들려오는 한마디 찌릿한 대답은 나의 가슴을 뜨겁게 만든다.

'This is my destiny' 그들의 운명이다. 해결해 줄 수는 없지만 공감할 수는 있을 것 같다. 나의 현실에 만족하는 안도의 한숨과 함께 뜻 모를 물줄기가 뺨을 타고 흐른다. 그런 모습조차 나 자신이 사치스러워 보여서 얼굴을 돌려본다. 변화의 바람은 불고 있다. 교육의 시작이다. 배움이야말로 미래를 보장해 준다고 믿고 확신하고 있다.

　　우연히 학교 수업에 참관하게 되었다. 분필로 글씨를 쓰는 칠판과 비좁은 책상에 3명씩 촘촘히 앉아서 초롱초롱한 눈망울로 선생님을 똑바로 바라보는 모습에서 희망을 보았다. 영어의 중요성은 아프리카에서도 절대적인가 보다. 영어 시간은 자유로운 발표로 문장에 쉽게 접근하면서 반복 학습을 통해서 그들의 언어로 받아들이고 있었다. 우리와 똑같이 문법을 배우고 문장을 암기하고 발음에 신경 써가면서 책이 너덜너덜할 때까지 읽고 또 읽고 있었다. 우리의 수업시간과 비교했을 때 특별할 것도 없어 보이는 영어 시간인데도 일반인들 모두 영어를 유창하게 하고 있었다. 그들은 의사소통하는 그들의 언어가 있고 영어는 International Language 즉, 만국 공통어라는 인식이 그들의 머릿속에 뿌리내려져 있었다. 당연하다는 듯 즐거운 마음으로 영어를 배우는

모습이 진지해 보였다. 그러나 그 내면의 한쪽 구석에는 생계 수단이자 외국 관광객을 상대로 일자리를 구하거나 사업을 하려는 절실함 아니 절박함 마저 있었다.

수학 시간은 일방적인 수업 방식이 아니라 선생님과 학생들이 모두 문제를 같이 풀어나가는 모습이 인상적이었다. 틀리면 틀리는 대로 정답이 나올 때까지 서로 합심해서 답을 맞히는 열정은 우리나라 수학 시간과는 너무나 대조적이었다. 높은 교육열 속에서 나 역시 편견으로 부터 반성하게 되었고, 아직도 무지할 거라는 착각을 하고 있는 우리들의 잘못된 자화상을 되짚어 보게 되는 소중한 수업이었다. 그곳에도 배움은 존재하고 교육에 대한 목마름을 몸서리치게 갈망하고 있었다.

12.

# 오래 머무르고 싶은 곳
IMMIGRATION(정착)

제2의 인생을 설계한다면 그곳에서 하고 싶다. 귀농이니 귀촌이니 하면서 떠들썩하게 노후를 준비하는 분위기가 확산되어 가는 흐름 속에서 젊은 세대들이 도시를 벗어나 힐링할 수 있는 삶을 살고 싶어 하는 추세를 반영하기도 한다. 남다른 생각을 하게 되었다. 아프리카에서의 삶이다. 미리 준비했던 건 아니고 아프리카를 다녀와서 생각한 마인드이다. 아프리카에서의 시간은 강한 인상으로 남겼고 급기야는 정착이라는 단어에 꽂히게 되었다. 살고 싶다는 얘기다. 앞으로의 일들을 누구도 예측할 수는 없지만 꿈꿀 수는 있다고 생각한다. 꿈을 꾸듯 평화로웠다고 자신 있게 말할 수 있다. 경험하고 느끼지 못한 분들은 즉흥적이라고 할지 모르지만 행복했다.

　가난하지만 밝은 미소가 좋았고 부족하지만 넉넉한 마음이 좋았
다. 모자라지만 행복한 마음이 좋았고 배고프지만 나눔의 마음이 좋았
다. 초라하지만 당당함이 좋았고 원하지 않았던 출생이지만 희망을 찾
는 모습이 감동적이었다. 그곳에서 제2의 삶을 살고 싶다. 우리가 바
라는 희망은 커다란 무엇이 아닐 수도 있다. 높은 지위도, 커다란 명예
도, 많은 돈도 아닌 행복추구가 아닌가 싶다. 모든 걸 다 가졌음에도 불
구하고 주변에는 정신과 마음이 넉넉하지 못한 상처투성이의 모습으로
살아가는 사람들을 볼 수 있다. 아무것도 없어도 행복하다는 건 그만큼
마음이 평화롭다고 말하고 싶다. 쉽지는 않겠지만 그렇다고 어렵지만
은 않을 것이다.

한 번뿐인 삶을 불행과 행복의 갈림길에서 고민한다면 기꺼이 행복 바이러스가 되어 모든 사람에게 전염시키고자 한다. 아프리카로 눈을 돌려보라. 또 다른 신세계가 나타날 것이다. 과장되게 포장하지 않아도 있는 그대로 너무나 순수하고 맑은 눈동자를 가진 사람들이 공동체를 이루고 살고 있다.

오로지 '나'만을 행복하겠다고 아등바등 몸부림치는 것이 아니라 '우리'라는 울타리를 소중히 생각하면서 살고 있는 마지막 보금자리인 듯하다.

13.

선진국으로 가는 길
MANNERS

원칙을 지키고 기본에 충실하다는 말은 그들에게는 남의 이야기가 아닌 듯 보인다. 그들도 감성을 가지고 있는 인격체임을 경험을 통해서 느낄 수 있다. 아프리카라는 고정관념에서 벗어나야 그들을 이해할 수 있다. 철저한 관광객의 관리와 예의를 갖추고자 노력하는 모습이 우리가 상상했던 허술한 마음가짐이 아니다. 상대방을 충분히 이해해 주고 무엇이 필요한지 무엇을 하고자 하려는 건지 귀 기울일 줄 알고 배려를 함으로써 서로가 서로에게 큰 에너지와 기쁨을 준다는 진리를 깨닫고 살아가는 모습이 진심으로 아름답다.

우리의 자화상은 원칙을 벗어나거나 기본을 무시하는 행동과 말들로 서로에게 상처와 아픔을 주기를 당연하게 생각한다. 또한 얼룩진 관광문화로 인해서 이미지를 실추시키는 안타까운 현실을 생각해 볼 때, 반성해야 할 것들뿐이다.

　선진국으로 가는 길, 강대국의 기준은 바로 원칙과 기본, 예의를 지키는 일이다. 결코 어긋나거나 뒤처지지 않는 세계관으로 세계에서 몰려드는 다양한 나라 사람들의 취향을 저격하는 기술을 그들은 가지고 있다. 그것이 초라하다거나 추해 보이지 않고 차별화가 되면서 서서히 스며드는 매력이 있다. 적어도 내가 본 그들은 진실해 보인다. 은행과 마트 등 공공장소에서 질서를 지키는 모습, 언제나 여자와 아이들 그리고 노약자들을 존중할 줄 아는 모습, 급한 상황이 오더라도 결코 앞지르려고 하지 않고 먼저 나서서 경솔하게 말하지도 않는다. 순리에 어긋나는 행동도 하지 않고 타인을 무시하거나 무례하게 대하지도 않는다. 미안해할 줄 알고, 고마움을 진심으로 감사하게 받아들일 줄 안다. 소득수준은 아직 낮을지 모르지만 감성지수, 행복지수는 우리보다 월등히 높지 않을까 확신해 본다.

　부유하지만 행복하지 못한 삶과 부족하지만 행복한 삶, 누구나 후자를 택하고 싶어 한다. 왜냐하면 그 행복함을 맛보았기 때문이다. 주어진 삶에서 행복을 느낄 수 있다는 건 참으로 깊은 인내가 필요하기 때문이다. 그들의 예의는 이유 있는 행동이며 의미 있는 몸짓임을 깨닫게 해준다.

14.

세계 경제의 중심은 달러

MONEY(화폐의 가치)

　　돈의 소중함과 가치는 현실이다. 소중함의 가치를 알고는 있지만 이해하는 사람은 많지 않아 보인다. 외국을 갈 때 환전을 빼놓을 수 없다. 달러의 환전은 일상을 넘어서 당연한 통화수단이라고 인식하는 사람들이 대부분이다. 달러는 그 가치를 인정받기 때문이다. 한 나라의 국가 경쟁력을 알 수 있는 기준이 되기도 하면서 자부심마저 느낄 수 있어서 화폐의 가치는 모든 걸 뒷받침해 주는 최상의 선물이다.

　　아프리카에서 경험한 달러의 존재는 상상 그 이상의 효력을 발휘할 뿐만이 아니라 세계인들의 부의 상징이다. 단순히 한 나라만의 통화수단이 아닌 세계 경제를 뒤흔들 수 있는 막강한 힘을 가진 브랜드 파워라고 할 수 있다.

아프리카를 여행하면서 달러는 든든한 동반자이자 위급한 상황일 때 해결해 주는 고마운 친구 같은 존재다. 아프리카 사람들의 달러 사랑은 대단하다. 요즘엔 카드의 편리함으로 현금의 필요성이 예전만 못한 추세로 흘러가지만 위급할 때 결재 방법으로 통용되는 화폐가 달러다.

면세점이나 쇼핑몰에서 물건을 살 때, 식당에서 음식을 먹을 때, 투어 비용을 지불할 때 등 어디서든 해외에서 달러는 무조건이다. 생활의 편리함은 곳곳에서 느낄 수 있다.

빈부의 차이가 여전히 극심한 아프리카의 길거리를 걸어가다 보면 아이들부터 거동이 불편한 노인에 이르기까지 까만 손을 내밀고 '원 달러'를 외치는 모습에서 달러의 값어치를 피부로 실감하게 된다. 자국민의 화폐보다 더 높은 인지도를 가지고 있는 것이 달러라고 할 수 있다.

달러의 위력은 대단하다. 과거에도 그래왔고 현재도 그렇고 앞으로도 달러의 가치는 계속 이어질 듯하다. 달러가 아프리카로 거침없이 흘러 들어갈 것만 같다. 서서히 눈에 보이지 않게 말이다.

15.

한의 정서를 닮은
아프리카 역사
HISTORY OF AFRICA(역사의 이해)

　　아프리카의 역사를 알고 있거나 알려고 하는 사람들은 그리 많지 않을 것 같다. 이제는 알아야 할 소중한 역사의 한순간이라 생각한다. 왜냐하면, 역사의 굴레를 벗어나서 그 나라를 이해하기란 어렵기 때문이다. 서로 얽히고설키고, 뺏고 빼앗긴 복잡 미묘한 관계 속에서 아픔과 상처를 묻어버리거나 깨끗이 청산하는 과정을 우리나라가 그러하듯이 그들도 겪었고 지금도 겪고 있는 진행형이다. 외국인의 시각으로 생각하고 이해하는 우리나라의 역사를 떠올려 보면, 우리도 아프리카에 대해서 무언가 깊은 역사의 이야기를 알아야 할 것만 같다.

그중의 아프리카의 슬픈 역사를 조심스럽게 꺼내서 이야기를 시작해 본다. 유럽의 지배를 받으며 노예로만 살아야 했던 수많은 시간들을 어떻게 보상을 해야 할지 막막하기만 하다. 문명의 무지로 인해 노예로만 살아야 했던 어두운 역사 속에서 그들은 가슴속에 응어리져서 지금까지도 맺혀있는 건 아닌지 짐작할 따름이다. 그렇게 어려운 상황 속에서 노예해방의 선구자로서 아프리카인의 아버지로서 기억된 영웅 만델라야말로 온몸을 희생하면서 흑인들의 인권과 미래를 개척한 마음의 고향이자 큰 별로 지금까지도 상징적 의미를 지닌다. 그들과 이야기를 나누다 보면 불행하다거나 슬픔은 찾아보기 힘들고 오히려 그럴 수밖에 없었던 현실을 겸허히 받아들이고 겸손한 삶을 살아가는 모습에서 배울 점이 너무나 많다. 정확한 역사의 인식과 내용을 알고 그것을 부끄러워하기는커녕 자부심으로 열정적으로 설명하고 이해시키는 모습에서 오히려 듣는 이로 하여금 애국심을 심어준다.

분명히 우리나라와 비슷한 한의 정서가 있다. 인정하고 싶지는 않지만 부정할 수도 없는 역사의 흐름 속에서 우리는 슬퍼하거나 매너리즘에만 빠져있을 수도 없다. 극복하고 이겨내야 후손들에게 자랑스럽게 새로운 역사를 물려줄 수 있을 것이다.

역사는 이 시간에도 흐른다. 역사는 정직하다.

16.

함께 외쳐요, 하쿠나 마타타

CULTURE(문화의 이해)

그들의 마인드, 노래, 언어, 생활, 모든 것을 아우르는 전통문화가 궁금하다. 함축적으로 암시하는 말이 있다. 스와힐리어로 "Hakuna Matata(하쿠나 마타타)."로 '다 잘 될 거야.', '불가능은 없어.'라는 의미로 풀이할 수 있는데, 그들의 일상생활 깊숙이 깔려있는 문화로서 공동체 의식이나 협동심과 더불어 '함께'라는 긍정적 마인드의 깊은 뜻을 보여준다고 한다.

단순한 주문은 아닌 듯싶다. 그 소리만 들으면 하루가 행복해지고 행복해질 것 같고 행복한 일이 생길 것만 같은 착각을 하게 만든다. 그들의 문화는 쉽다면 쉽고 어렵다면 어려운 습관이 밑바탕에 깔려있다. 긍정적인 기운을 줄 수 있다는 것은 자신의 행복보다는 타인의 기쁨을 더욱더 중요하게 생각하기 때문일 것이다. 즉, 개인적이고 이기적인 문화가 아닌 면에서 배울 점이 많다.

'Jambo(잠보)'라는 인사말도 있다. '안녕하세요.'라는 의미인데 단순히 안부 인사가 아니다. 그들은 서로의 안부를 5분가량 확인한 다음에서야 본론으로 들어간다. 그들은 서로에 대한 생각이 남다르다고 할 수 있다. 가볍게 생각할 일은 아니다. 심지어 비즈니스 할 때도 안부 인사는 기본적인 예의다.

중요한 첫인상으로 남을 수 있기 때문이다. 처음 만난 사이든 알고 지내는 사이든 그건 그다지 중요하지 않다. 하루에 한 번이든 열 번이든 밝은 웃음과 함께 대화한다.

우리나라도 가난했을 시절에 만나는 사람마다 주고받는 말이 있었
다. "밤새 안녕히 주무셨어요", "식사는 하셨어요." 일맥상통한다는 생
각이 든다. 지금은 그때의 따뜻한 정을 잃어간다는 점에서 아쉬움이 많
다. 그들 또한 점점 퇴색되어 갈지 모르지만 아직은 조금 다른 느낌으
로 다가왔다. 그들만의 고유의 문화로 영원히 간직하고 공유할 것만 같
은 강렬한 인상을 받았기 때문이다. 짧은 시간에 그들의 문화를 이해하
기는 어렵겠지만 적어도 흡수하고 받아들이는 데는 그리 오랜 시간이
걸리진 않았다.

오늘도 말한다. "하쿠나 마타타."

17.

편견 없는 시선으로
SOUL & RACIAL PREJUDICE(인종적 편견)

　　그들의 유전자는 달라 보인다. 몸과 마음, 정신이 모두 건강해 보인다. 겉모습이 아닌 정신세계의 성숙함이 겸손하게 만든다. 그곳에서는 인종적 편견은 없어 보인다. 타인의 눈을 의식하거나 회피하지 않는다. 변화의 물결 속에서 부당함을 숙명인 양 받아들이면서 그들은 견뎌내고 있는지도 모른다. 따가운 시선과 수많은 가시밭길을 묵묵히 걸어왔기에 오늘이 있다. 아직도 남아있는 표현 할 수 없는 잠재의식 속의 무언가는 곳곳에 숨어서 꿈틀거리지만 그래도 밝은 내일이 있기에 견딜 수 있다. 그들 잘못은 아니다. 우리들의 시선이 문제다. 수억 명의 인구 수많은 피부색과 다양한 인종이 다름을 인정하고 차별이나 편견에 정직하게 순응하고 있는 그들은 우리가 그들을 그들이 우리를 다르다고 보는 것처럼 말이다.

한나라의 정신 건강을 좌우하는 것은 자존감과 자부심 그리고 각자 개개인의 애국심에 달려있다. 정신이 피폐해지고 불신이 팽배해지고 서로 이기적인 생각만 하고 있는 나라는 절대로 건강한 나라가 될 수 없다. 생명력을 잃었다는 증거다.

"빨리 갈려면 혼자 가고 멀리 갈려면 함께 가라."라는 아프리카 속담이 있듯이 그들은 서두르지 않는다. 경제 성장은 아직 멀었다. 그러나 마인드로 봐서는 선진국과 비교해도 손색이 없다. 게으르거나 나태하지도 않다. 미래지향적이고 자유로운 사고를 가지고 있는 극히 정상적인 마인드를 가지고 있다. 아프리카의 이미지와는 전혀 다르다. 대부분 사람은 아프리카를 무지하고 게으르고 버려진 땅에서 아무것도 할 수 없고 의욕도 없어 보이는 그런 모습이었기 때문에 당연히 그들을 아무 생각도 없이 야생에서 주어진 대로 살아가는 곳으로만 인식하고 있다.

　이제는 그들을 바라보는 시선을 바꿔야 할 때다. 눈앞을 가로막았던 인종적 편견을 과감히 벗어던지고 선입견 없는 마음으로 바라봐야 할 때다. 편견이야말로 얼마나 쓸모없고 낙후된 사고방식인지 이번에 절실히 깨달았다. 인종적 편견, 선입견이 얼마나 안 좋은 결과를 가져다주는지 여러분들도 이번 기회에 그들을 바라보는 시선으로부터 자유로워졌으면 한다. 그리고 그들을 있는 그대로 받아들여야 한다. 단 1%의 편견이나 선입견 없이 바라봐야 한다.

Rainbow
Africa

02

1.

길

나는 아프리카로 향하고 있다.

쾌쾌한 먼지가 미숫가루처럼 희뿌옇게 코끝을 스친다.

강렬한 태양은 모든 걸 숯검댕이로 바꿔버린다.

열대과일의 신선하고 달콤함이 유혹하는 곳,

수많은 시간을 거슬러

세상을 한 바퀴 돌고 돌아 아프리카로 간다.

나를 옭아매고 있던 제자리걸음

목마름으로 목젖을 적셔준다.

늦은 걸까?

한참을 멍하니 사람들 얼굴만 바라본다.

너의 길은 여기야 라고 윙크를 보낸다.

정해져 있지도 않았지만

헤맨 것도 아니다.

확신은 딱히 없어 보인다.

처음 가는 길의 설렘과 두려움

답은 간단한 곳에서 열린다.

지구 반대편에서 해답을 얻는다.

킬리만자로의 정상에서 차디찬 바람에 얼굴이 굳어졌을 때,

나미브사막에서 가슴으로 쏟아지는 별을 보았을 때,

탄자니아의 학교에서 천사 같은 눈망울을 보았을 때,

케이프타운에서 꽃을 들고 정장을 입은 멋진 남자가 내 앞을 지나쳤을 때,

귓가에 소근거린다.

가봐야 알 수 있지 않니?

어디에서 나오는 자신감일까?

지금까지는 너를 위한 삶이었다면,

이제부터는 나를 위한 삶을 살아.

아프리카가 나의 길이다.

2.

동행

같이 갑시다.

외로워서가 아닙니다.

이유는 없습니다.

같이 가고 싶어서입니다.

반쪽이 싫어졌습니다.

짝을 만나서 같이 가고 싶습니다.

아프리카로

꼭! 아프리카여야만 합니다.

마음이 변할지도 모르니

지금 갑시다.

케이프타운의 피시앤칩스도 같이 먹고

빅토리아폭포도 같이 보고

나미브사막의 일출도 같이 보고

능귀비치도 같이 가고

잔지바르에서 랍스터도 같이 먹고

천사 같은 아이들과 웃으면서 노래도 하고

소외된 사람들과 마음을 나누고

어깨가 필요하면 내밀어 주고

혼자였습니다.

같이 갑시다.

같은 곳을 바라보고 간다는 소중함이 간절해졌습니다.

같이 갈 사람이 없다면

아프리카에서 만나겠습니다.

어쩌면 그 길이 동행의 지름길일지도 모릅니다.

누구십니까

같이 갑시다.

두 손 꼭 잡고,

아프리카에서 행복하게 같이 살고 싶습니다.

함께….

3.

흔적

하루를 불태웠던 태양도 해가 지면 사라진다.

갑작스러운 소나기도 잠시뿐이다.

이른 아침의 차가운 바람도

하늘의 반짝이는 별들도

아름다운 꽃도 시들면 떨어진다.

아무도 모르게 사라진다.

흔적을 남기지 않고

아프리카에 남기고 왔다.

내 마음을 두고 왔다.

흔적이 사라지기 전에

찾으러 가던지

찾아서 마음을 다시 주던지

찰나의 순간에도 흔적 없이 사라지기도 하고

흔적을 남기기도 한다.

체취를 느낄 수 있다.

향기도 느낄 수 있다.

잃어버린 흔적을 찾을 수만 있다면

그림자라도 좋다.

끝자락에 붙어있는 마지막 연기라도 따라가고 싶다.

흔적을 남긴 것이 아니라

두고 온 것이다.

찾지는 못하더라도 영원히 잊히지는 않을 것이다.

4.

낯선 & 익숙한

첫인상을 기억하고 있다.

준비할 때의 설렘과

떠날 때 떨림

머물면서

반전 드라마 같은 강렬함을 기억한다.

광활한 땅

독특한 개성

뚜렷한 특색

낯섦과 익숙함이 공존하고 있다.

아프리카다.

처음엔 낯설어서 당황하고,

서서히 공감하듯이 익숙함에서 친숙함으로 변해간다.

익숙함이 어설프게 지속되다 보면

때론 낯설어 보일 때가 있다.

낯설다와 익숙하다는 한 끗 차이에서 온다.

거리를 두고 느낄 필요는 없어 보인다.

첫인상을 너무 낯설어하지도 말고

너무 익숙해지지도 말자.

낯설어한다는 건 모르거나 알려고 하지 않았기 때문이고,

익숙해진다는 건 중독성이 강하기 때문에 빠져나오기 힘들기 때문이다.

적당히 낯설어하고

적당히 익숙해지면서

아프리카를 이해하면 된다.

그래서 낯섦과 익숙함의 가운데는 적당히가 적당한 것 같다.

5.

만남 & 다시 만남

나는 운명론자다.

옷깃만 스치는 인연도 커다란 인연이고

의미 없는 만남은 하나도 없는 듯 보인다.

하필이면 그 시간에 그 장소에서 그 누군가를….

신기하고 신비하다.

머피의 법칙과 샐리의 법칙이 그러하듯,

만남과 헤어짐이 아니라

만남과 다시 만남이다.

좋은 헤어짐은 좋은 만남을 예고한다.

만약에 10년 전에 아프리카를 만났다면

큰 감동과 매력을 못 느끼지 않았나 싶다.

아프리카를 만난 건 인연이고 행운이다.

아마도 아프리카를 만날 운명이었나 보다.

그동안의 경험과 연륜이 마음을 움직이게 할 수 있었던 것 같다.

만남에는 타이밍이 중요하다.

지금이 그때다.

천사를 만났다.

나이팅게일처럼 하얀 천사도 있지만

나는 그들을 까만 천사라고 부르고 싶다.

바라보는 것만으로도 한없이 웃음이 나온다.

헤어지면 보고 싶어서 못 견딜 것만 같다.

천사의 눈망울에서

눈가의 웃음에서

천진난만한 말투에서

수줍은 발걸음에서

난 깨닫는다.

소중한 만남이어서

다시 만나게 해달라고 기도한다.

기다려 까만 천사들

만나러 갈게.

6.

그 자리

아프리카는 왜 가는 거야?

안 무서워?

주사는 맞고 가는 거야?

말라리아 약은 챙겼니?

상당히 덥다는데?

내가 아는 모든 사람의 공통된 질문이다.

진심 어린 걱정의 눈빛으로

심지어는 아무리 돈을 주고 가라고 해도 안 간다는 사람들과

왜 굳이 아프리카를 가는지 모르겠다고 이상해하는 사람도 있다.

아프리카가 그렇게까지 가면 안 될 곳일까?

언제부터 그토록 두려움의 대상이 된 걸까?

자원봉사, 선교사, 봉사단체, 개인후원으로

어느 정도는 사람들한테 널리 알려져 있다고 생각했다.

아직도 멀었다는 생각이다.

지금보다 더 열악하고 모든 것이 부족했을 때 그 자리에서

꿋꿋하게 지켜왔다.

소리 없이 희생했다.

지금은 그 자리에서 당당하다.

지금도 아프리카 어디에선가 희생하고 봉사하고

노력을 아끼지 않는 분들을 위해 전한다.

자랑스럽습니다.

고생하셨습니다.

앞으로도 잘 부탁합니다.

제가 그 자리에 가겠습니다.

그 빈자리를 채우고 싶습니다.

7.

나

나를 표현하는 방법은 많다.

지금까지의 나

지금의 나

앞으로의 나

나는 누구인가

나의 존재를 찾아보고

나의 장점을 발견하고

나의 단점을 인정하고

나의 과거를 거울삼아

나의 현재를 냉철하게 판단하고

나의 미래를 긍정적 마인드로

나의 재능을 파악하고

나의 능력을 끄집어내서
나의 나를 사랑할 수 있도록 해보자.

그러나 나를 잘 아는 사람은 많지 않은 것 같다.
나 중심적인 생각에서 벗어나야 나를 온전히 바라볼 수 있다.
나를 알아야 당신을 알 수 있기 때문이다.

이제부터 '나'를 '우리'로 바꾸면 어떨까?
우리 안에 나도 있고 너도 있기 때문이다.
'나'를 찾았지만
그곳엔 '우리'만이 존재할 뿐이다.

8.

행복

나는 행복해요.

나는 행복한 사람이에요.

부러우면

아프리카로 가세요.

두려워도

아프리카로 가세요.

무서워도

무조건 아프리카로 가세요.

행복을 나눠 드려요.

준비가 되셨나요?

이미 행복하신 거에요.

아프리카에서의 행복은

내 인생 최고의 순간이에요.

이보다 더 행복할 수 있을까요?

행복해지고 싶다면

아프리카로 가세요.

아직도 모르시겠다고요?

아프리카로 가야 해요.

행복은 가까이서도 아니고

멀리서도 있지 않아요.

아프리카에 있어요.

행복의 조건이 아프리카에서는 없어요.

고민하지 마세요.

늦으면 후회해요.

행복의 나라로

아무것도 필요 없어요.

모두 두고 가세요.

행복하다면 돌아오지 마세요.

지금 행복하세요?

행복하지 않다면 아프리카로 가세요.

지금….

9.

그리움

그립습니다.

보고 싶습니다.

내가 만난 모시의 노란 망고가

탄자니아의 피자가

잔지바르의 석양이

짐바브웨의 노릇노릇 구워진 빵이

케이프타운의 진한 와인 한잔이

빈트후크의 짜릿한 맥주가

어쩌면 좋습니까?

너무너무 그립습니다.

기억 저편에서 지우고 싶지 않습니다.

난 아직도 아프리카에 있습니다.

그리움이 병이 되기 전에

후유증이 큽니다.

가슴앓이를 하고 있습니다.

눈물이 납니다.

나도 모르겠습니다.

그 어떤 말로 표현이 부족합니다.

그리움이라는 단어가 이럴 때 필요한가 봅니다.

어제도 그리웠습니다.

오늘도 그립습니다.

내일도,

모레도.

10.

시선

멈춰서 시선을 고정시킨다.

아프리카에서

지난 과거의 나로 돌아간다.

만족하지도 부족하지도 않은

평범했던 삶

타인의 시선이 특별함으로 다가온다.

현재의 나는 더욱 어정쩡하다.

인생의 중반

이대로 머물러도 될까?

전환이 필요하다.

시선에 포커스를 맞추고 있다.

미래의 시선은 미지수다.

정해지지 않은 무한한 가능성에서 출발한다.

긍정적 시선으로 나를 키운다.

나를 바라보는 시선도 커진다.

내가 나를 바라보는 시선

남이 나를 바라보는 시선

절대로 같을 수는 없다.

차이를 줄여야 한다.

시선을 분산시킬 시점이다.

한곳으로만 고정된 시선은 시선이 아니다.

멈춤이다.

멈추면 보이는 것도 있지만

보이지 않는 것도 있다.

다양한 시선도 인정해야 한다.

나를 다양하게 만들어야 한다.

낯선 시선도 받아들여야 한다.

나를 강하게 만들어야 한다.

아프리카에서의 시선은

살아있는 에너지다.

바라보는 것만으로 살아있다.

그래서 시선을 고정시켰다,

아프리카에서.

11.

선택

선택의 순간이다.

태어날 때와 죽을 때만 제외하고 모든 것을 선택해야 한다.

선택은 고스란히 본인의 몫이다.

잘한 선택이든 잘못한 선택이든

그렇다고 어느 누가 그 선택에 지적질을 할 수 있겠는가.

당신 또한 선택해야 하는 인생이거늘….

선택을 두려워하지 말자.

그렇다고 함부로 하지도 말자.

최선을 다한 선택이었다면 성공이다.

선택을 했어도 언제든지 바꿀 수 있다.

또 다른 선택의 여지는 충분히 있기 마련이다.

이것이 선택의 장점이다.
선택이 잘못되었음을 인정하고
바로 수정할 줄 알아야 한다.

선택과 선택을 통해서 좋은 선택을 할 수 있게 된다.
이미 선택했다면 만족함을 배워야 한다.
선택을 존중하고 겸허함으로 받아들여야 한다.
선택을 거부하지도 말아야 한다.

피할 수 없다면 즐기라고 했다.
신중해야 한다.
나는 아프리카를 선택했고,
아프리카는 내 선택을 받아주었다.
우리는 찰떡궁합인 것 같다.

12.

무지개

7개의 물감이 곡선을 그리며 반달처럼 보인다.
신비해서 천천히 다가가지만 이내 사라져 버린다.
무지개다.

미지의 세계처럼,
갑자기 나타난 무지개다.

빨려들어 갈 듯한 강렬한 원색은 아프리카의 상징이다.
한 번 보면 잊혀지지 않고
두 번 보면 헤어 나오지 못하는
괴상한 마력을 소유하고 있는 그곳,
전혀 다른 빛깔이지만 하나의 조화를 이루고 있는 모습은
마치 거대한 아프리카대륙과 같아 보인다.

빨강은 아픔

주황은 신선한 과일

노랑은 끼니를 이어주는 들녘의 곡식

초록은 넓은 대지의 자연을 닮은 생명

파랑은 눈이 부시게 아름다운 그들만의 하늘

남색은 강한 의지

보라는 순수한 마음

무지개다.

아프리카는 무지개의 오묘함을 닮았다.

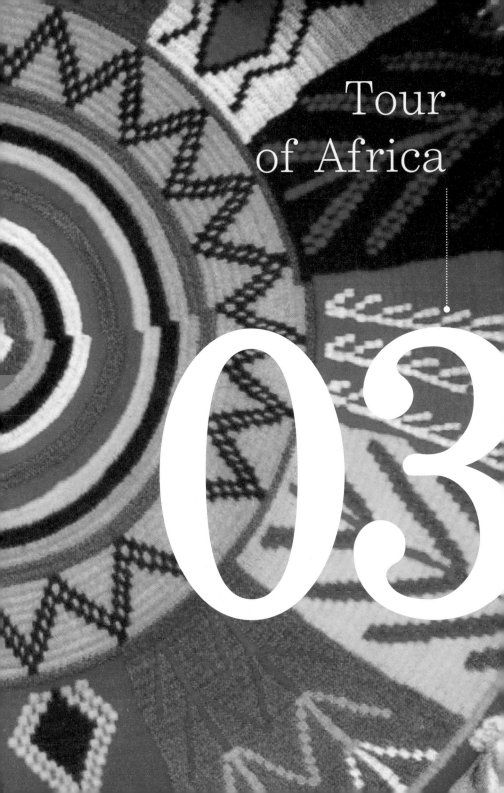

Tour
of Africa

03

1.

남아프리카 공화국
REPUBLIC OF SOUTH AFRICA

‖ 케이프타운(Cape Town)

　케이프타운은 남아프리카 공화국의 남서쪽 해안가에 위치해 있는 항구 도시로서 입법 수도다. 남아공은 수도가 행정, 사법, 입법이 나뉘어 있다. 대한민국으로 치면 청와대, 대법원, 국회의사당이 각각 다른 도시에 있는 격이다. 남아공에서 흑인 비율이 가장 낮은 지역 중 하나이다. 뒤로는 테이블 마운틴을 두고 있으며, 부근에 희망봉이 있다. 쾌적한 기후와 보존이 잘 되어있는 아름다운 자연환경 때문에 관광도시로 잘 알려져 있다.

*출처: 나무위키

‖ 케이프 반도 투어(1.2 Cape Peninsula Tour)

　　케이프 반도(Cape Peninsula)는 남아프리카 공화국 웨스턴 케이프 주에 있는 반도이면서 대서양과 인도양이 만나는 희망봉, 동양 무역의 중계지이다. 희망봉은 아프리카 대륙의 최남단에 있는 곳(岬, 串, cape)으로, 케이프타운에 가까운 반도의 맨 끝에 자리해 있다. Cape는 우리말로 곳이니 희망곳이라 한다. 희망봉은 뱅골만 한류와 아굴하스 난류가 만나 파도가 거세다. 해발 245m 정상에 있는 Look out point 등대는 안개 때문에 보이지 않을 때가 많다. 케이프 반도의 끝은 케이프 포인트이지만, 위도상으로는 희망봉이 조금 더 남쪽에 있다. 전체 길이는 약 75km 남쪽은 희망봉과 케이프 포인트가 있고, 북쪽에는 테이블 마운틴이 있다. 케이프 반도 전체는 케이프타운 도시 지역에 포함되어 있다. 희망봉은 포르투갈 탐험가 '바스코 다 가마'와 '바르톨로뮤 디아스'가 인도로 가는 길에 발견한 곳이라 한다.

*출처: 위키백과

케이프타운 시내에서 출발해서 테이블 마운틴이 병풍처럼 펼쳐진 캠프 베이(Camps Bay)에 도착하면 뜨거운 태양과 한가로이 즐기는 연인, 가족들의 모습을 해변에서 목격했을 때 여기가 아프리카인지 착각하게 된다. 너무나 평화롭고 자유로운 유럽의 모습을 많이 닮아있다. 그다음은 아프리카 맥주의 시원함과 마주하게 된다. 상쾌함을 그대로 드라이브를 하듯 채프먼스 피크(Chapman's Peak)의 절벽은 하늘에서 보는 듯 미끄러지듯 굽이굽이 이어졌으며, 내리막길을 달릴 때는 아찔하고 짜릿함에 빠져서 자동차 광고의 15초처럼 순간적인 찰나로 지나가 버린다. 순간을 놓칠세라 셔터를 연신 눌러대지만 눈으로 담아야 한다고 마음에서 두드림의 여운이 카메라를 잠시 내려놓게 한다.

드디어 도착한 곳은 케이프 포인트(Cape Point), 등대까지 단숨에 올라가 정상에서 내려다보이는 절경을 한참 보고 있노라면 내 속 안에 있던 찌꺼기들이 한꺼번에 씻기듯 세찬 바람에 흩어져 소리 없이 사라져 버린다.

희망봉으로 발길을 옮기는 순간 Cape of Good Hope라는 글자가 말해주듯 '희망'을 찾는다. 사람들은 삼삼오오 짝을 지어 기념사진에 분주하지만 난 먼발치에서 그들을 바라본다. 무엇을 버리고 채워야 할 것들의 의미를 생각한다.

    돌아오는 길에 보울더 비치(Bolder Beach)에서의 펭귄은 보너스다. 아프리카에서 펭귄이 서식하는 모습은 큰 행운이다. 크지 않은 몸짓에 뒤뚱뒤뚱, 아장아장 쓰러질 듯 말 듯 자유롭게 터전을 잡고 있다. 너무 귀여워 안아주고 싶은 충동을 참고 가까이 다가가서 숨소리조차 죽이며 간신히 조심스럽게 앵글에 담는다. 생소하지만 유명하다고 소문난 아프리카 와이너리에서의 시음은 덤이다. 끝도 없이 펼쳐진 포도 농장 옆에서 다양한 종류의 와인에 취해서 아프리카의 매력에 빠져본 황홀한 순간이다. 포도 향만큼이나 진한 와인을 이렇게까지 마음 놓고 마셔본 적이 있었나 싶다. 아프리카는 벗길수록 무지개처럼 다양한 빛깔로 내게 스며든다.

아프리카를 만나다, 열정

‖ 워터프런트(The Victoria & Alfred Waterfront)

　　케이프타운의 가장 번화한 상업 지구다. 쇼핑, 음식점, 관광 모든 것이 갖춰진 항구로서 19세기를 재현해 놓았다. 테마파크 형태의 다양한 레저시설과 영화관, 놀이기구 그리고 선셋 크루즈의 출발점이기도 한 복합문화 공간으로 자리 잡은 곳이다. 케이프타운에서 짐을 풀고 제일 먼저 달려간 곳인 만큼 기대치는 크다. 거리 공연을 뽐내면서 특유의 강렬한 리듬과 노래와 세계의 여러 인종이 다양하게 어우러져 있는 모습은 공연보다 색다른 풍경을 연출한다. 유럽에 온 듯 헷갈릴 때쯤 아프리카 원주민들의 전통춤을 보고서야 실감 할 수 있다. 많은 사람 중에서 유럽인들이 절반을 차지하고 있었기 때문이다.

고급레스토랑에서 흘러나오는 음악 소리와 시선을 한눈에 사로잡은 음식의 비주얼, 어디로 가야 할지 모를 끝도 없는 상점과 음식점에 놀랍다. 필요한 건 뭐든 구입할 수 있을 정도의 쇼핑몰 때문에 한참을 넋을 잃고 헤매고 나서야 다리의 통증을 느낀다. 정신을 차리고 앉은 곳은 스테이크 레스토랑, 주위는 온통 연인들뿐 그 속에서 간간이 보이는 가족들의 단란한 모습, 첫인상은 컸지만 나만의 만찬은 왠지 초라해 보인다. 하지만 전망 좋은 카페에서 테이블 마운틴을 바라보고 있노라면 저녁노을과 함께 하루를 행복하게 마무리할 수 있다.

‖ 타운십 투어(Township Tour)

케이프타운 공항에서 버스를 타고 시내로 향하다 보면 허허벌판을 지나자마자 바로 가까이에 넓게 눈에 들어오는 장소가 있다. 멀리서도 한눈에 알아볼 수 있는 허름한 판자촌을 형성하고 있다. 바로 흑인들이 터전을 잡고 마을을 이루고 살고 있는 곳이다. 이곳이 타운십(Township)이라는 곳이다. 출생의 신분을 뛰어넘지 못하고 그곳에서 평생을 갇힌 삶을 살아야 하는 사람들, 그들의 일상을 공식적으로 볼 수 있는 곳이다. 인권에 관심이 있거나 그들의 리얼한 삶의 현장을 카메라에 담고 싶으면 반드시 가볼 만한 곳이다. 그들의 민낯과 속을 들여다보는 것인 만큼 자존심과 열등감을 자극할 수 있기 때문에 혼자는 위험하고 가이드와 동행을 해야 한다. 가이드는 그 마을 사람 중 한 사람으로서 투어 비용의 이익금 중 일부분은 마을에 기부를 하는 시스템으로 운영하고 있다.

그곳에서의 삶은 역시 열악하다. 공동화장실과 시간제 전기 사용, 위생 상태는 말할 것도 없거니와 마실 물과 먹을 것조차 부족해 보이고 한 공간에서 여러 명이 살아야만 하는 무엇 하나 갖춰지지 않은 현실 앞에서 부정하고 싶다. 어디든 파고드는 코카콜라의 뛰어난 비즈니스가 눈에 자주 들어온다. 그 속에도 나름의 질서는 있어 보인다. 이발소, 미용실, 정육점, 마켓, 학교, 등등 갖춰져 있지만 제대로는 아닌 어설퍼 보이는 흉내 내기다. 그들은 그곳을 벗어나기 힘들다. 말하자면 신분 상승이 어렵단 얘기다.

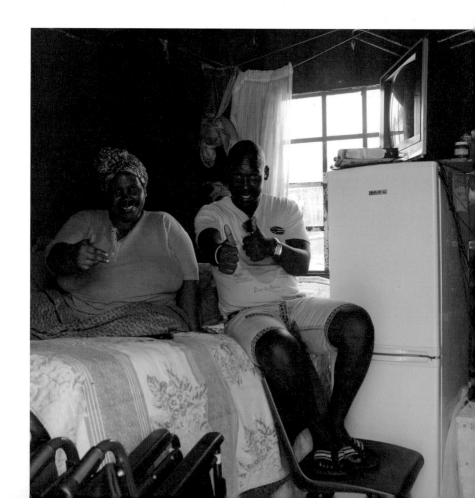

그들과 눈을 마주치고 대화를 하고 가끔 웃음을 나누는 동안 이렇게 열악하고 어려운 상황인데도 웃음을 잃지 않는 이유는 무엇인가?

"우리가 결정할 수 있는 건 아무것도 없다. 우리에게는 선택권이 없다." 가슴을 울렸다. 가이드는 아무 말 없이 타운십 출신의 가수가 부른 노래를 틀었다. 돌아오는 길은 가슴이 용광로처럼 뜨거워졌다. 난 차창 밖의 천진난만하게 웃는 아이들을 바라보는 척하면서 입술을 깨물었고 눈물을 흘리고 말았다. 헤어질 시간이다. 말없이 포옹을 해준다.

'Good Luck.'

'Good Bye.'

‖ Muizenberg Beach(뮤젠버그 비치)

뮤젠버그 비치(Muizenberg Beach)는 케이프타운 남쪽에 위치한 마을인데, 폴스 만(False Bay)라 불리 우는 인도양에 면한 곳이어서 수온이 케이프타운 대서양보다 5~6도 이상 높다. 그래서 서핑이나 스쿠버 다이빙을 하러 오는 사람들도 많고, 다이빙숍(Diving Shop)도 많다. 다른 애칭은

'Surfer's Corner'로 남아공 서핑 해변 중 최고의 인기 있는 곳이다. 해변길이는 총 20km에 달해 여름이면 많은 사람이 모여 서핑, 카이트보드, 스쿠버다이빙 등 무동력 해양스포츠를 즐긴다.

서핑을 즐기는 일본인 친구 게이코(keiko)와 동행했다. 서핑과 스쿠버 다이빙의 최적 장소라며, 일주일 정도 머물 거라고 너스레를 떨며, 뮤젠버그 칭찬이 대단하다. 자신보다 부피가 크고 무거워 보이는 서핑 장비를 손수 이동하는 모습에서 무언가에 빠져 있다는 건 힘들어도 힘든 게 아닌 아름다움인 듯 진실함이 느껴진다. 무거워 보이는 짐을 들어주려는 나의 도움을 거절하고 손수 본인이 옮기는 모습에서 일본인들의 국민성이 보인다. 역시 말로만 듣던 개인주의를 여행지에서 일본인한테 또 경험한다. 문화의 차이일 뿐이다.

기차표를 예매했을 때만 해도 두려움 반 설렘 반으로 조금은 긴장하긴 했다. 위험하다는 반신반의한 상태에서 기차에 올랐다. 나한텐 없어 보이는 배짱과 대범함이 필요하다 싶을 땐 나온다. 불빛조차 없는 어두운 기차 안에는 흑인들만의 전용 이동수단인 듯, 가끔 까만 피부색과 얼굴이 마주치기라도 하면 섬뜩할 정도로 깜짝 놀란다. 그러나 그들의 눈빛은 세상에서 가장 선한 모습을 하고 있다. 다시 눈을 돌려보면 간간이 하얀 피부의 관광객들만 눈에 들어올 뿐이다. 그럴 땐 다시 안심하고 창밖의 풍경을 천천히 감상하게 된다.

빠른 속도가 아니어서 느림의 여유를 느끼면서 짧은 시간이지만 평화로운 기차여행이 된다. 역시 서핑의 천국처럼 사람들은 저마다 장비를 들고 바다에서 오고 가는 모습이다. 한쪽에서는 어린 친구들이 배움의 시간을 보내는가 하면, 일광욕을 즐기는 연인들의 모습이 질투 날

정도로 부러워 보인다.

하얀 백사장과 푸른 바다와 어울리는 이곳만의 독특한 것이 눈에 들어온다. 바로 무지개 색깔의 물감으로 색칠한 예쁜 탈의실 건물이다. 겉모습은 우리나라 방갈로처럼 숙박 시설로 착각할 정도로 흡사하게 생겼다. 이곳을 찾는 사람이면 누구나 사진으로 남기고 싶어 하는 배경이 된다.

행복한 시간도 잠시, 게이코(keiko)와 뮤젠버그역에서 작별할 시간이다. 아쉬움의 눈물을 약속이나 한 듯 흘린다. 내가 기차 안으로 몸을 옮기는 동안에도 멀어지는 그녀의 모습을 보면서도 눈물은 멈출지 모른다. 한없이 눈물의 여운은 오래갔다. 그 뒤로도 한동안 오래갔다.

‖ Signal Hill(시그널힐)

정상에서 한눈에 보이는 테이블 마운틴과 라이언스 헤드(Lion's Head), 그리고 절묘한 야경의 조화는 연인들의 데이트 코스는 물론이고 프러포즈 장소로도 추천할만하다. 한발 한발 오를수록 발아래 펼쳐지

는 케이프타운의 불빛들이 금빛 가루를 뿌린 듯 황홀경에 빠지게 한다. 그 어떤 스카이라운지에서 보는 전망과도 비교할 수 없는 파노라마가 보인다. 시내에서 그리 멀지도 그리 위험하지도 않은 가까운 곳에서 낭만을 즐긴다는 건 행운이다.

일찍부터 삼삼오오 자리를 잡고 와인과 간단한 스낵으로 파티 준비를 하는 모습, 멋진 일몰을 보겠다고 맥주를 들고 있는 모습, 이층버스가 멈추자 관광객들의 웅성거리는 모습, 그 사이사이를 비집고 들어오는 현지인들의 모습, 그 속에 내 모습도 있다. 어둠은 순식간에 우리들의 몸을 휘감더니 자신의 모든 걸 불태웠던 붉은 태양이 저편으로 사라지려 할 때, 사람들은 일제히 소리를 질러댄다. 가슴의 응어리를 토해내듯 간절한 마음으로 조용히 그곳을 응시하면서 소원을 빈다. 카메라 셔터 소리만이 정적을 울린다. 저편에선 연인들의 달콤한 입맞춤이 석양의 그림자와 오버랩되면서 일몰이 주는 근사함을 새삼 느끼게 해준다.

찰나의 순간은 금방 사라진다. 아쉬움에 뒤를 돌아보지만 사람들은 거짓말처럼 사라진다. 야경의 여운은 늦게까지 이어진다. 북적거리는 펍에서 와인과 음악에 몰입해 본다. 사람들과 어울리면서 황홀함에 젖는다.

‖ Table Mountain (테이블 마운틴)

테이블 마운틴(Table Mountain)은 케이프타운 남쪽에 위치하고 서쪽으로 대서양을 바라보고 있다. 수직으로 깎아지른 듯한 절벽이 특징인 산으로 테이블 마운틴 국립공원을 형성하고 있다. 1990년 뉴케이프 반도 국립공원으로 지정되었고, 1998년 테이블 마운틴 국립공원으로 다시 지정되었다. 정상의 길이는 약 3km라고 한다. 해발 300m 지점의 지역에서 정상까지 케이블카가 운행하고 있다. 케이블카는 정원 55명이며, 정상으로 접근하면서 360도 회전한다. 케이블카 역까지 차량으로 이동할 수 있다.

*출처: 위키백과

남아공의 상징인 테이블 마운틴은 케이프타운 시내에서 가능하면 근거리에서 볼 수 있기도 하지만 멀지 않아서 버스로 이동할 수 있다. 구름 한 점 없는 파란 하늘과 눈 부신 햇살 그야말로 축복받은 날씨다. 구름과 안개로 시야가 좁아지는 날이 많다고 들었기 때문에 더욱 감사하다. 걸어서 트레킹으로 갈려면 체력의 도움이 필요하기도 하고 태양을 피해서 아침 일찍 서두르는 게 중요하지만 그렇지 않은 일반인들은 360도 회전하는 케이블카를 의존해서 올라간다. 움직이지 않아도 제자리에서 사방의 경치를 감상할 수 있어서 편리하다.

풍경은 순식간에 눈앞에 나타났다 사라지기를 반복하면서 정상에 안착한다. 식탁 테이블처럼 정상은 평평했고 면적은 상상 그 이상이다. 태양은 머리끝에서 발끝까지 인정사정없이 쏟아지고 그늘을 찾아볼 수 없는 곳이지만 깎아놓은 듯한 기이한 절벽과 대서양의 푸른 바다는 땀으로 얼룩진 얼굴을 통쾌하게 날려주기라도 하는 듯 머리가 휘날리는 바람을 기꺼이 받아들인다. 해 질 무렵은 무거운 태양을 밀어낸 듯 선선함을 준다. 낮에 모였던 발자국은 하나둘씩 사라지고 레스토랑의 불빛은 저녁을 재촉한다. 아프리카에서 만든 진한 향의 레드와인이 코끝을 자극하면 해산물 요리로 마무리한다. 이곳은 유럽이 아닌 아프리카다.

2.

나미비아
REPUBLIC OF NAMIBIA

‖ 빈트후크(Windhoek)

사막으로 간다는 설렘으로 빈트후크에서의 시간은 항상 들뜬 기분이다. 여러 가지 경로와 루트들로 인해서 머리는 계속 복잡해지고 스케줄은 점점 꼬여만 가고 있을 때 숙소 여직원의 도움으로 한꺼번에 수수께끼가 풀리듯 술술 자연스럽게 매듭이 풀리면서 어느덧 긴장의 끈을 잠시 놓는다. 때론 복잡함을 단순함으로 바꿀 수 있는 지혜도 필요함을 깨닫는다. 더 중요한 건 침착함이다. 침착함에서 오는 평온함은 모든 꼬인 숙제를 해결해 주는 마법이 숨어있다. 좋은 상품과 만족한 가격으로 사막 투어를 결정하고 난 후부터 마음이 홀가분하면서 어수선하게만 보였던 빈트후크 시내가 한눈에 보인다. 아담하고 작아서 여유 있게 걸어도 반나절이면 돌아볼 수 있는 거리다.

잔잔한 시골 냄새가 풍기면서 분위기는 유럽의 어느 작은 마을을 닮은 듯 아기자기한 멋스러움이 아직은 아프리카의 모습을 찾아볼 수는 없다. 원주민들이 직접 만든 수공예품을 거리 곳곳에 늘어놓고 관광객을 기념사진 한 컷으로 환심을 얻은 후에 호객행위를 하는 모습을 보니 현실에서의 녹록지 않은 고단한 삶이 묻어난다. 공원이라고 할 수 없을 만큼 작은 풀밭에는 지나가는 사람들을 멍때리듯 쳐다보는 사람들이 삼삼오오 모여서 태양의 뜨거움을 피한다. 이들과 가끔 눈이 마주칠 때면 손을 흔들어 주고 해맑은 미소로 마음을 안정시켜 준다. 그렇다고 함부로 미소를 던져서 오해받을 일은 하지 않는 것이 좋다.

우연히 색다른 경험을 하게 됐다. 보건소를 방문하게 된 것이다. 아프리카라는 특성상 1년에 한 번씩 황열병 주사를 맞는다고 한다. 조용히 줄을 서서 차례가 오기를 기다리는 여성들과 아이들의 커다란 눈동자에 빠져서 얘기를 나누다 보니 주어진 환경에서 묵묵히 그들의 삶을 겸허하게 끌어안고 있었다. 우리가 막연히 생각했던 것처럼 미개하고 비위생적이고 불결한 생활만 하고 있는 것이 아닌 누릴 수 있는 권리를 누리고 있다는 걸 확인한 것이다. 서서히 아프리카의 잘못된 선입견과 편견으로부터 자유로워지기 시작한 건 이때부터다.

하루의 마감을 황홀하게 보내고 싶으면 힐튼호텔 스카이라운지를 추천한다. 상쾌한 바람과 탁 트인 시야가 빈트후크의 아름다움을 절정으로 만들어 준다. 특히 석양에 물들어가는 하늘은 온통 황금빛 붉은 노을과 어우러져서 놓쳐서는 안 될 멋진 추억이 된다. 재즈의 감미로움과 아프리카 로컬 맥주의 한 모금은 첫사랑의 설렘처럼 짜릿하다. 빈트후크의 밤은 그렇게 깊어간다. 지금도 유난히 노을이 붉은 날이면 몸으로 전해오는 짜릿함에 아프리카 로컬 맥주는 아니더라도 우리나라 맥주로 그리움을 달래보곤 한다.

‖ 나미브사막 투어 2박 3일(Namib Desert Tour)

　나미브사막(Namib Desert)은 나미비아와 앙골라 남부의 사막이다. 면적 80,900km²로, 나미비아의 대서양 연안을 따라 1,600km에 걸쳐 발달해 있다. 나미브사막은 세계에서 가장 오래된 사막으로 5,500년 동안 메마른 상태였다. 나미브 나우쿨루프트 국립공원(Namib Naukluft National Park)은 나미브 지역의 중부 스와코프문트에서 남쪽에 해당하는 면적 47,000km²에 이르는 넓은 야생보호구이다. 국립공원에는 세계에서 가장 높은 사구가 있고, 사막 경관미의 진수를 느낄 수 있는 곳으로 사막 하이킹은 아프리카 사막여행의 좋은 추억이 된다. 관광객을 위한 캠프장이 여러 곳에 있다. 태양이 뜨거워서 주로 오전에 움직이는 걸 추천한다.

*출처: 위키백과

아침 9시, 숙소에서 나를 포함 외국인 4명과 함께 출발이다. 1시간쯤 뒤에 대형슈퍼에서 충분한 물과 과일 식재료를 준비하고 마지막으로 점검한 뒤에 쭉쭉 뻗은 비포장도로를 조심스럽게 달린다. 가는 도중에 차가 전복된 모습을 보니 아찔하기도 했거니와 현지인도 운전하기 위험하다고 하니 안전운전은 필수다.

2~3시간 달려서 도착한 곳은 허허벌판에 야영장과 휴식처 그리고 화장실이 딸린 샤워장뿐이다. 그러나 시설은 놀랄 만큼 제대로 갖추어져 있어서 마음이 놓인다. 꼼꼼하고 능숙한 솜씨로 텐트를 치는 가이드의 손길이 분주하다. 점심을 근사하게 챙겨 먹고 해 질 무렵까지 야외수영장에서의 꿀맛 같은 휴식은 삶의 무게를 씻어주기에 충분한 시간이다.

오후 5시, 사막에서의 일몰을 보기 위해 엘림듄(Elim Dune)에 오른다. 모두 숨죽여 자연이 연출하는 장관에 그저 바라보기만 할 뿐, 침묵만이 흐른다. 자연 앞에선 엄숙하다. 진한 여운을 남기고 야영장으로 다시 돌아오니 바비큐 냄새가 허기진 코를 자극한다. 비록 고급레스토랑의 비주얼은 아니지만 간이용 식탁과 의자 그리고 세상에서 제일 멋지고 비교할 수 없는 요리는 만찬을 즐기기에 손색이 없을 정도로 훌륭하다. 여기에 빠질 수 없는 로컬 맥주의 톡 쏘는 감칠맛은 분위기를 한껏 고조시키는 감초 역할을 한다. 땅과 맞닿은 텐트에서의 흙내음과 조그맣게 뚫린 텐트 창문 사이로 보이는 밤하늘의 별들은 꽃가루를 뿌린 듯 황홀해서 시원한 바람과 함께 어느새 눈을 감게 만든다. 오늘은 좋은 꿈을 꿀 것만 같은 예감에 마음속으로 소원 하나 빌어본다.

새벽 4시, 가이드가 잔잔한 아침 인사로 깨운다. 사막에서의 캠핑인지라 새벽은 춥다. 여행사 여직원 덕분에 챙겨준 침낭에 의지하며 추위를 견디며 숙면을 했다. 따뜻한 차 한 잔으로 몸을 녹인다.

새벽 5시 15분, 아직 모든 생명이 잠들어 있고 어둠이 걷히지 않은 새벽길을 뚫고 사륜차가 목적지로 달린다. 세계에서 가장 오래된 사막, 그중에서도 일출이 가장 아름답다는 듄45(Dune45)로 향한다. 일제히 비슷한 시각에 그곳에 모인 여행자들은 일렬로 줄 맞춰 떠오르는 태양의 수줍은 듯 가느다란 빛에 의지한 체 모래를 미끄러지듯 밟으면서 정상을 일렬로 걸어가는 뒷모습은 또 다른 장관을 보여준다. 매일 떠오르는 태양이거늘, 내가 오늘 여기 있기에 아름답고 더욱 뜨겁게 가슴을 태우면서 붉은빛은 내 얼굴로 클로즈업돼서 스포트라이트를 받고 있음을 느낀다. 이렇게 신성한 일출을 볼 수 있음에 감사함을 태양에 전한다. 햇살은 순식간에 퍼져 온 세상을 환하게 비추면서 아침임을 알린다. 대기하고 있던 아침 식사 또한 특별한 메뉴가 아님에도 불구하고 색다른 맛이다. 모든 것이 새롭고 또 새로워 보인다. 이어서 데드블레이(Deadvlei), 소서스블레이(Sossusvlei)를 돌아본 후 캠프로 복귀한다.

오후 1시, 점심 식사 후 아픈 다리를 이끌고 수영장에서 피로를 풀어본다. 사막의 오후는 역시 뜨겁다.

　　오후 5시, 열기가 점점 식어갈 때쯤 사막의 협곡 세서리엄캐년 (Sesrium Canyon)으로 향한다. 신비한 모습에 카메라의 셔터는 계속해서 돌아간다. 여러 가지 모습을 품고 있다. 파스타 요리로 저녁 만찬은 오늘도 성공이다. 마지막까지 최선을 다하는 가이드의 모습이 진정한 프로다.

　　밤 9시, 일제히 전기는 꺼지고 별빛에만 의지해야 한다. 어둠이 짙으면 짙을수록 별빛은 오늘도 여전히 아름답게 빛난다. 서늘한 바람이 눈꺼풀을 스치고 지나간다.

아침 6시 30분, 평소와 똑같은 아침 식사와 일상의 시작이다. 그러나 마음가짐은 어제와 다른 오늘이다. 오늘도 어김없이 뜨겁게 떠오른 태양이 가슴을 파고든다. 아마도 범접할 수 없는 사막의 기운을 받은 탓이 아닐까 싶다.

아침 8시, 텐트와 짐 정리를 마치고 아쉽지만 캠프장을 떠난다. 왔던 길로 다시 돌아가고 있는 끝없는 고속도로 위에서 미래를 상상해 본다. 때론 덜컹거리는 비포장도로 위에서 나의 과거를 돌아본다. 비포장도로든 고속도로든 소중한 길 위에서 깨닫게 된다. 점심을 먹기 위해 고속도로 옆 한적한 그늘진 곳에서의 달콤한 휴식, 배고픔을 달래주는 샌드위치와 샐러드 그리고 신선한 과일, 이 또한 삶의 정거장인 쉼표의 메시지를 던져준 시간이다.

오후 3시, 숙소 도착이다. 얼굴은 빨갛게 타고 옷은 모래와 먼지로 범벅이 됐지만 마음은 출발하기 전보다 훨씬 가볍다. 코피가 갑자기 흐른다. 긴장이 풀린 듯 휴식이 필요할 때다. 무거웠던 어깨의 짐을 풀고 나의 아지트 힐튼호텔 스카이라운지로 몸이 움직인다. 오늘도 아낌없이 태우고 사라져가는 아름다운 일몰을 보면서 나미비아 빈트후크 로컬 맥주를 마시며 짜릿했던 나미브사막 캠핑 투어의 여정을 조용히 곱씹어 본다.

"나는 언제나 사막을 사랑해 왔다. 사막에서는 모래 언덕 위에 앉으면 아무것도 보이지 않는다. 그러나 무엇인가 침묵 속에 빛나는 것이 있는 것이다. 사막이 아름다운 것은 그 어딘가에 샘을 감추고 있기 때문이지." 어린왕자가 말했다. ─생텍쥐페리의《어린왕자》중에서─

‖ 스와콥문트(Swakopmund)

　　나미비아 제2의 도시이자, 나미브사막으로 가는 거점 도시이기
도 하다. 오래된 독일 식민지 시대의 건물들이 아직 남아있고, 휴양 도
시답게 해안가에는 야자나무가 끝없이 이어져 있다. 해안가 끝쪽으로
Jett철교가 여행객들의 운치를 더하여 준다.

사막 캠핑 투어를 가기 전 홀가분한 마음으로 힐링하기 좋은 최적의 장소 스와콥문트로 향한다. 마음이 가벼우니 발걸음 또한 가볍다. 현지인들과 여행객들을 태운 미니버스는 휴게소에서 잠시 간단한 아침 식사와 휴식의 시간을 보낸 뒤에 도착한다. 한 사람 한 사람 목적지까지 안전하게 내려주는 운전기사의 세심한 배려의 문화가 아프리카라고 느껴지지 않을 만큼 큰 감동으로 다가온다. 저렴한 가격의 숙소는 휴양지답게 시설에서 만족도를 최상으로 높여주고, 하루만 머물기에는 아쉬움이 밀려온다. 시간이 짧다. 해안가를 걷는다. 평온한 바다, 강아지와 산책하는 현지인, 사진을 찍으려는 여행객들을 보면서 오랜만에 찾아온 온전한 나만의 시간이다. 철저하게 혼자가 된 기분, 그다지 나쁘지 않다. 외딴섬에 홀로 남겨진 쓸쓸한 느낌보다는 비어있는 스마트폰의 배터리 눈금이 서서히 채워지듯 충전을 위한 시간이 소중해진다.

아이들의 웅성거리는 소리가 들리는 쪽으로 발길이 멈춘다. 학교 수업이 끝난 모양이다. 웬일인지 나의 카메라를 피하지 않고 오히려 사진을 찍어달라고 아우성이다. 자신의 포즈가 최고인 양 뽐내고 있는 천사의 미소를 짓고 있는 아이들, 친근함은 사진으로 대신한다. 오래 머물고 싶은 곳이다.

3.

짐바브웨, 잠비아
REPUBLIC OF ZIMBAAWE & REPUBLIC OF ZAMBIA

‖ 빅토리아폭포(Victoria Falls)

    빅토리아폭포(Victoria Falls) 혹은 모시 오아 툰야 폭포(Mosi-Oa-Tunya)
는 잠비아와 짐바브웨 사이에 위치한 폭포이다. 이 폭포를 처음 발견
한 사람은 유럽인으로서 스코틀랜드인 탐험가 데이비드 리빙스턴이 영
국의 빅토리아 여왕의 이름을 따서 빅토리아폭포라 불렀다. 이것은 짐
바브웨에서 사용 중인 이름이다. 더 오래된 토착 이름인 모시 오아 툰
야 폭포(Mosi-Oa-Tunya)는 잠비아에서 공식적으로 사용 중이다. 세계 유

산 목록은 두 이름 다 인정한다. 빅토리아폭포는 너비 1.7km와 높이 108m의 규모이다. 폭과 깊이가 나이아가라 폭포의 2배 이상인 이 폭포는 깎아지는 절벽 위에서 최대 108m의 낙차를 이루며 떨어진다.

전 세계의 관광객들이 찾는 폭포 그 자체뿐만 아니라 빅토리아폭
포 국립공원(짐바브웨), 리빙스턴 동물 보호구역(잠비아)에는 크고 작은 사
냥용 짐승들이 많으며 위락 시설도 갖추고 있다. 보일링 포트 바로 아
래 폭포에 거의 직각 방향으로 폭포교가 놓여있는데, 잠비아와 짐바브
웨 사이를 오가는 기차, 자동차, 보행인이 이 다리를 이용한다. 이 다리
는 영국 통치령을 통과해 남쪽에서 북쪽까지 아프리카 대륙 전체를 종
단하려는 의도로 계획된 케이프-카이로 철도 건설사업의 일환으로 세
워진 것이다.

　입구로 가는 길은 떨림이다. 이른 아침에 적막을 깨우듯 서서히 들
려오는 천지를 뒤흔드는 웅장한 오케스트라의 서막을 자연별곡이라 하
고 싶다. 악마의 목구멍이라고 할 정도의 커다란 영혼의 울림, 마치 물
커튼이 가로막은 듯한 끝없는 장막은 온몸을 전율케 한다. 폭포의 시작
은 짐바브웨 쪽에서부터다. 물 폭탄을 퍼붓듯 시작부터 요란하다. 건너
편에서 출렁이는 물보라의 향연도 아름답지만 쌍무지개의 고운 빛깔은
마치 행운을 기다린 나의 마음을 살짝 들킨 기분이다. 고막이 터질 듯

눈을 의심하면서 감동은 계속된다.

　중간지점이 하이라이트다. 준비해서 가져간 우비가 무색할 정도로 거친 물보라와 바람은 기념사진 한 장 남길 수 없게 회오리를 치며 눈 앞을 가로막는다. 한 치 앞도 안 보이는 절벽엔 하늘이 구멍이 난 듯 쏟아지는 폭포의 위력 앞에서 할 말을 잃은 듯 고함만 지르게 된다. 무릎을 꿇고 두 손을 번쩍 들고 소리를 맘껏 지르다 보면 가슴에 맺힌 응어리는 어느덧 사라지고 헛헛한 웃음만이 부메랑으로 되돌아와 성숙한 어른으로 만들어 준다.

나이아가라, 이과수, 빅토리아 이름만 들어도 가슴이 철렁 가늠할 수 없는 내 마음속 무언의 멘토로 자리 잡고 있다. 나는 무엇인가, 나는 살아있다. 나는 존재한다. 폭포가 끝날 때까지 잔잔한 감동은 여운으로 남아 자연의 위대함은 존경과 경이로움으로, 인간이 감히 범접할 수 없는 영역임을 새삼 깨닫게 해준다. 지금까지 잘 살아주었다는 것에 감사하고 또 감사하며 찰나의 순간을 붙잡을 순 없지만 영원히 간직할 수 있도록 노력해야 한다.

빅토리아폭포를 경험한 사람 중에서 절반은 지나칠 수도 있는 잠비아 쪽으로 간다. 시작부터 다르다. 거대한 물줄기는 서있을 수조차 없게끔 중심을 잃게 한다. 조심조심 난간에 의지한 채, 눈을 제대로 뜨지 못한 채, 비틀거리는 몸을 가누지 못한 채, 우비는 바람에 날려 초라해진 모습에 카메라의 셔터는 사치스럽다. 어느 누가 지나칠 수 있으랴 못 봤더라면 후회로 남았을 소중한 장면이다. 파노라마처럼 스친 짧은 코스였지만 감동은 잠비아 쪽으로 손을 들어주고 싶다. 두 나라를 모두 경험해봐야 온전히 보는 거다.

‖ 잠베지강 선셋 크루즈(Zambezi River Sunset Cruze)

　　원주민들의 환영 인사가 한바탕 요란하다. 출발 신호를 알리는 소리와 함께 선착장을 유유히 크루즈는 빠져나간다. 일몰 직전이라 태양은 더욱 빛을 사방으로 흩뿌리듯 눈부시게 비춘다. 새들의 평화로운 자태가 먼저 눈에 들어온다. 맞은편에선 하마의 큰 입이 쩍 벌어진다. 저 멀리 다른 크루즈에선 연신 카메라 셔터 돌아가는 소리가 들리기 시작한다. 그래서 뱃머리를 돌려 방향을 바꾼 곳에선 크로커다일이 뽐내고 있다. 바람이 이끄는 대로 몸이 움직인다.

시나브로 붉은빛은 점점 짙어져 어둑한 자줏빛으로 일몰의 시작을 알린다. 그즈음 로컬 맥주와 샴페인의 짜릿함으로 분위기는 한층 고조된다. 약간 허기진 배를 채울 스낵과 다과는 절묘한 타이밍에서 즐거움을 주기에 충분하다. 노을과 레드와인의 그림자가 고혹한 잠베지강에 비춘다. 마셔도 취하지 않을 것 같은 선상에서 한껏 멋을 부려도 좋을 듯싶다.

내 옆자리의 허전함은 잠베지강에 던져 버린다. 내가 여기 있는 이유는 숨을 쉬고 있고 존재하기 때문이다. 내일의 태양은 다시 뜨지만 오늘의 태양은 아니다. 소중한 오늘이 모여서 내일의 빛나는 미래가 기다린다. 다짐해 본다. 곱씹어 본다. 나를 칭찬하고 위로해 본다. 욕심 없이 가보자.

4.

탄자니아
UNITED REPUBLIC OF TANZANIA

‖ 모시(Moshi)

그리움을 놓고 왔다. 그리운 사람들이 보고프다. 모시에서의 기억 저편엔 고향의 내음과 이방인을 따뜻하게 품어준 인정이 있다.

투어를 선택해야 했을 때, 숙소가 없어서 현지인 집에서 신세를 졌을 때, 킬리만자로 산행을 마치고 몸이 아팠을 때, 학교에서 수업받는 아이들을 만났을 때, 학교 선생님 집으로 초대받았을 때, 길을 잃어 위급한 상황에 닥쳤을 때, 끼니를 챙겨준 요리사를 만났을 때, 끝없는 무조건적인 사랑에 감동이 따라온다.

정을 준 곳도, 이별을 한 곳도 모시다. 아련히 아프리카를 떠올리게 하는 기억도 모시다. 삶의 터전은 열악하지만 아침 인사만큼은 세상 밝은 미소를 던진다. 출생의 모순을 간직하고 태어났지만 천진난만한 마음을 보여준다. 가난의 대물림 굴레를 벗어날 수 없지만 인생의 잔잔한 울림을 가르쳐 준다. 가진 것이 넉넉하진 않지만 넘치는 열정으로 참사랑을 깨닫게 한다. 그들의 인생 철학 밑바탕에는 '나'가 아닌 '우리'라는 커다란 의미가 숨어있다는 걸 알 수 있다. 혼자가 아닌 함께 있음으로 공생한다는 걸 서로가 잘 알고 있다.

그들은 외로워 보이지 않는다. 그들은 슬퍼 보이지 않는다. 그들은 절망하거나 분노하지 않는다. 그들은 원망 따위도 하지 않는다. 비난의 손가락질도 그들의 당당함 앞에서는 내밀지 못한다. 주워진 운명에 순응하며 누구보다도 행복한 얼굴을 하고 있다.

부러웠다. 부끄러웠다. 나의 존재가 한없이 작아 보였다. 그들의 가치관과 인생관이 궁금해지기 시작했다. 분명, 우리와는 다를 것이다. 태어난 운명을 극복하고 행복으로 승화시킬만한 반전의 매력은 무엇일까? 아직도 고민하고 있다. 그리움도 커져만 간다

‖ 킬리만자로 트레킹 4박 5일(Kilimanjaro trekking)

킬리만자로 산(Mountain Kilimanjaro)은 케냐와의 국경 가까이에 있으며 정상인 키보(Kibo), 우후루 피크(Uhuru Peak) 화산 높이는 해발 5,895m로 아프리카 대륙에서 가장 높으며, 세계에서는 다섯 번째로 높다. 킬리만자로의 뜻은 스와힐리어로 빛나는 산 혹은 하얀 산이다. 키보 산의

정상은 눈에 덮인 둥근 지붕처럼 보이지만 분화구에는 너비 1.9㎞, 최고 수심 300m(남쪽 가장자리)의 칼데라호가 있다. 킬리만자로에는 산 밑에서 정상까지 식물대가 계속 이어져 있어 고원의 반(半)건조성 관목지대, 물이 많고 경작지로 쓰이는 남쪽 기슭, 짙은 숲, 탁 트인 광야, 이끼 군서지가 차례로 나타난다. 이곳에서는 사냥이 일체 금지되어 있다. 1848년 독일 선교사 요하네스 레브만과 루드비히 크라프는 유럽인으로서는 처음으로 킬리만자로를 발견했으나, 남위 3도의 적도지방에 만년설에 덮인 산이 있다는 사실이 믿어지기까지는 오랜 시일이 걸렸다.

*출처: 다음백과

1day

입구에 새겨진 KILIMANJARO NATIONAL PARK라는 글귀가 눈에 먼저 들어온다. 누구나 이곳에서의 다짐은 '정상 등반 성공'이라는 한 가지 목표일 것이다. 시작부터 다행히 수월하게 온통 숲으로 뒤덮여 있어서 긴소매가 거추장스럽다. 그늘의 시원함은 반소매로 옷을 갈아입게 한다. 좋은 날씨를 만난 행운이 함께 하니 고맙다는 말이 입속에서 맴돈다. 유일한 벗인 가이드와 호흡을 맞추면서 걷다 보면 발걸음은 어느새 가벼워진다. 꼬리를 물고 이어지는 사람들의 눈인사는 마음의 피로를 녹여주며 희귀한 생명체나 열매를 만나게 되면 신기한 듯 우선 카메라에 담기 바쁘다. 어느새 모두가 친구가 되어있다.

등산을 거의 안 해본 나로서는 체력이 큰 문제다. 더구나 고산병과의 사투는 다녀온 사람들의 무용담에서 익히 알고 있다. 두려움 없이, 망설임 없이, 후회 없이, 중간에 포기란 없다. 극한에 도전하는 나의 한계를 끝까지 넘어야 한다. 산에 오르는 걸 직업으로 알고 가족과 자신의 생계를 책임지는 동행한 가이드와 포터 그리고 요리사는 한결같이 천진난만한 미소로 나를 보살핀다. 나의 손과 발이 되어준 가이드의 배려와 도움은 따뜻함이 전해진다. 런치 박스의 메뉴에서 정성이 담긴 마음을 먹는다.

어느덧 시간은 흘러 만다라 산장에 도착이다. 무사히 도착했다는 안도의 숨을 돌리고 있을 때 한눈에 풍경이 들어온다. 푸른 잔디와 예쁜 데크 그리고 맑은 공기에 숨을 크게 내뿜는다. 차 한 잔의 여유가 나를 맑게 해준다. 가이드가 손 씻는 물에서부터 저녁 식사 그리고 잠자리까지 소소하게 챙긴다. 그 시간 만큼은 세상에서 가장 행복한 사람이 된다. 이보다 더 행복할 수는 없다.

2day

　침낭을 돌돌 말아서 바람구멍을 막은 뒤 두꺼운 옷과 양말로 무장한 잠자리는 편하진 않았지만 그다지 불편하지도 않았다. 이렇게 높은 곳의 시설임에도 상상 이상으로 훌륭하다. 조금 높아진 고도로 다소 쌀쌀해진 아침, 따뜻한 물 한 바가지가 새롭다. 정성이 담긴 아침 식탁은 새로운 시작의 기분 좋은 출발이 된다.

　첫날과 다른 지형을 만난다. 낮아진 나무 사이로 햇살이 따갑고 돌들도 제법 많이 보인다. 작은 들풀 사이로 바람도 살짝 뺨을 스친다. 오늘도 희귀한 열매, 신기한 식물들과 꽃들이 시선을 멈추게 한다. 아무도 보살펴 주지 않는 살아있는 생명은 오래가지 않듯이, 서로에게 위로와 한줄기 사랑을 줄 수 있는 '우리'가 되고 싶어진다. 등반하는 동안엔 가이드가 보호자가 된다. 심지어 사소한 대화를 통해서 바이오리듬과 건강 기분 상태를 꼼꼼히 체크하고, 어느 것과도 비교하거나 강요당하지 않는 나를 위한 맞춤형 프로그램이다.

가이드의 인생을 존중한다. 평균 한 달에 3번 정도 오른다고 한다. 아버지 직업도 가이드였다고 한다. 아버지는 돌아가시고 가족의 생계를 책임진다고 한다. 17년 동안 킬리만자로를 오르면서 무슨 생각을 했을까? 인고의 고통과 칼바람에 찢어진 얼굴을 보면서 그 누가 그들에게 하찮은 직업이라고 손가락질을 할 수 있는가? 킬리만자로가 있기에 오늘도 묵묵히 오른다. 삶의 터전 위에서 생명을 이어간다.

3day

　오늘도 어김없이 아침 풍경은 똑같다. 항상 출발은 새롭다. 오늘은 유난히 가이드가 건강상태를 자주 체크한다. 이제부터 자기와의 싸움은 시작된다. 어제와 전혀 다른 풍광이다. 낮은 풀과 나무들이 점점 없어지고 분화구처럼 작은 돌들로만 이어진다. 추웠다 더웠다를 반복하면서 바람은 계속 분다. 변덕 부리는 날씨를 보면서 한결같은 마음을 그리워해 본다. 산장으로 갈수록 두통이 오는 듯 고산병 증세가 느껴진다. 숨쉬기가 힘들어지고 가슴이 벅차오른다. 발걸음이 무거워지더니 휴식시간이 길어진다. 산장 쪽으로 갈수록 갑자기 눈이 내리더니 춥다. 옷이 축축이 젖는다. 짧은 시간에 사계절이 지나간다.

　　같은 숙소에 머무는 낯선 이방인에게 따뜻한 커피 한 잔을 건네받
고 한참을 울었다. 이유는 모른다. 의욕이 조금씩 사라지려 할 때 그들
은 좋은 동반자이자 멘탈을 끌어 올려준 친구들이다. 아껴두었던 라면
한 봉지를 개봉했다. 한 젓가락씩 맛보면서 우정을 나눈다. 가져간 옷
을 겹겹이 껴입고 완전 무장한 채 저녁 식사 후 6시쯤 바로 취침이다.

부족한 것들은 그들이 채워준
다. 추위를 견디면서 잠을 자기
는 정말 힘든 일이다. 같은 목표
를 향한 그들과 함께 같은 공간
에 있다는 것만으로 행복하다.

밤 11시쯤 가이드가 방문을 두드린다. 몸이 반응하면서 눈이 떠진다. 비몽사몽 준비물을 챙긴다. 바지 4개, 상의 6개, 양말 2개, 장갑, 모자 2개, 스틱, 선크림, 목도리, 랜턴, 발패치, 손패치, 지팡이까지 최종점검이 끝나자마자 출발이다. 평지를 1시간쯤 걸어간다. 다음은 지그재그로 크고 작은 돌부리를 밟으면서 정상을 향해 올라가는 느낌이다. 주위와 칠흑 같은 어둠뿐이다. 한 치 앞도 안 보인다. 가이드를 믿고 달빛에 의지한 체 앞으로만 걸어가야 한다. 랜턴의 작은 불빛의 행렬이 장관이다. 경사가 가파름을 느낀다. 한 걸음 한 걸음이 예민해지고 조심스러워진다. 다리가 아프고 움직임이 둔하다. 산소가 많이 부족한 듯 가슴이 찢어지듯 아프다. 태초의 태양이 이런 모습이었나 싶다. 떠오르는 장엄한 자태는 붉은빛을 온 세상에 물들이듯 조용히 퍼진다. 가슴이 뛰는 건 숨이 차올라서가 아니라 벅찬 감동일 것이다. 다시 험난한 길이다. 빙하를 밟고 추위와 싸우면서 정상으로 향한다. 호흡이 심각하고, 다리는 마비된 듯 걸을 수가 없다. 정상을 맛본 사람들이 보이기 시작하지만 난 아직 까마득하다. 그들의 격려와 뜨거운 포옹은 용기를 준다. 가이드의 한마디가 나를 깨운다.

"절대 포기하면 안 돼요."

가다 서기를 반복하면서 걷기를 2시간, 드디어 킬리만자로 정상 앞이다. 태극기를 꺼내는 손이 떨린다. 눈물이 왈칵 쏟아진다. 뭉클하다. 지금 이 순간은 내 생애 최고의 순간이다. 세상이 내 발밑에 있다. 나의 한계에 도전했고 뛰어넘었다.

짜릿한 쾌감도 잠시, 삶과 죽음을 넘나들게 하는 불가사의한 산이지만 한 걸음도 움직일 수 없고 긴장이 풀린 듯 몸이 늘어진다. 가이드의 등에 업히고 들것으로 옮기고 앰블런스를 동원해서야 땅을 밟을 수 있었다. 그곳에선 이런 모습은 흔히 볼 수 있다. 가이드와 마지막 포옹을 하고 우린 기쁨의 악수를 나눴다. 방에 걸려있는 증서가 자랑스럽다.

‖ 세렝게티 사파리 캠핑 투어 3박 4일(Serengeti National Park safari)

#

세렝게티 국립공원(Serengeti National Park)

세렝게티는 탄자니아의 가장 오래된 국립공원이며, 스와힐리어로 '끝없는 평원'이라는 뜻이다. 사륜차를 타고 야생동물들이 살고 있는 자연 속으로 들어가서 게임 드라이브를 한다. 케냐의 마사이 마라와 더불어 아프리카 야생동물의 대표적 서식지이다. 탄자니아 서부에서 케냐 남서부에 걸쳐 있는 3만km²가 넘는 땅으로 우리나라의 충청북도의 2배 정도 되는 넓이에 해당한다. 약 400만 마리의 동물이 살고 30여 종의 초식동물과 500종이 넘는 조류들이 함께 살아가는 곳이다. 세렝게티의 남쪽 75%는 탄자니아 국경 내에 있으며, 나머지 25%는 케냐에 속해있다. 건기의 세렝게티 대평원은 건조하고 팍팍해져 시들해진 풀들과 말라 갈라진 대지 위에 한두 마리의 영양만 남아있다가 우기가 시작되면 150만 마리가 넘는 누 떼가 모여든다.

누, 얼룩말, 톰슨가젤, 그랜트영양들은 건기가 찾아오면 500㎞가 넘는 케냐의 마사이마라 동물 보호구까지 이동을 했다가 세렝게티에 우기가 찾아와 짧고 부드러운 풀들이 무성하게 자라면 다시 돌아온다. 야생동물의 대이동을 관찰할 수 있는 유일한 곳으로 알려져 있다. 계절과 시기에 따라 엄청난 무리를 이끌고 이동하는 누 떼의 장관이 볼만하다.

*출처: 위키백과

옹고롱고로 분화구(Ngorongoro Crater)

탄자니아에 있는 초대형 화산분화구 지형이다. 옹고롱고로 보전구역에서 가장 중요한 위치를 차지하고 있고 사파리 대상지로서도 가장 흥미 있고 경제적으로 동물 관찰을 할 수 있는 곳으로 알려진 곳이다. 옹고롱고로는 600m의 깊은 분화구로서 주변은 울창한 열대우림으로 둘러싸여 코끼리나 사자 같은 큰 동물을 제외한 대부분 동물은 이동을 하지 않기 때문에 다른 사파리 장소와 달리 이곳에서는 일 년 중 어느 때라도 많은 야생동물을 볼 수 있는 곳이라고 한다. 8대 불가사의 중 하나로 화산 폭발로 생긴 칼데라이다. 분화구 평원에는 많은 야생동물이 있고 유네스코 세계문화유산으로 등록되어 있다.

*출처: 위키백과

기린은 어떤 모습일까? 사자를 볼 수 있을까? 어렸을 때 동물원으로 소풍을 갔던 시절, 울타리에 갇혀있는 동물들을 신기하게 바라봤던 기억과 이런저런 생각에 뜬눈으로 밤을 보내고 새벽에 길을 재촉한다. 동물을 가까이에서 볼 수 있다는 상상만으로 어린애처럼 마음은 들떠 있다. 구름 한 점 없는 초원을 달리며 자유롭게 서식하는 동물들을 만나러 간다.

길은 비포장이다. 그늘 하나 없는 벌판에 태양은 이글거린다. 가이드의 비장한 눈빛도 또렷해진다. 카메라와 망원경 그리고 스마트폰을 번갈아 가면서 손이 바쁘다. 살아있는 한 컷을 놓치지 않으려 애쓴다.

23년의 경력이 있다는 가이드는 뽐내기라도 하듯 운전을 하면서 지붕이 열리는 오프로드 차량의 핸들을 자유자재로 돌리면서 꿈틀거리는 생명의 순간을 찾느라 애쓴다. 쉴 새 없이 무전으로 모니터링을 한다. 누구라도 빅5(표범, 사자, 물소, 코뿔소, 코끼리)를 발견하는 순간 어느새 주차장을 방불케 하듯 휘몰아치듯 먼지를 내뿜으면서 사람들이 몰려든다.

기린의 매끄런 몸매, 코끼리의 앙증맞은 걸음걸이, 어슬렁거리는 하이에나의 위험한 자태, 여유로워 보이지만 용맹함이 느껴지는 사자, 톰슨가젤의 팔랑거리는 꼬리, 등등.

버킷리스트가 꿈이 아닌 현실이 된다. 눈앞에서 펼쳐지는 감동의 순간이다. 살아있는 모든 것들은 아름답다. 꿈틀거리는 생명력이 경이롭다. 내가 살아있음이 행복하다.

사파리의 연장이다. 살아있음을 느끼는 좋은 방법은 치열하게 살아가는 동물들의 생존 모습을 발견하는 일이다. 먼지로 뒤덮인 초원을 헤집고 다니는 우리는 들판의 야생마처럼 처절해진다. 놓치고 싶지 않고, 눈으로 직접 확인하고 싶은 한결같은 마음이다. 코끼리, 얼룩말, 톰슨가젤, 기린 등등 첫인상의 놀라움과 신기함은 갈수록 친근함과 익숙함으로 포근함을 준다. 공생공사의 의미, 인간과 동물은 같은 공간, 같은 존재, 같이 호흡할 때 더욱 빛난다. 그들의 눈빛은 평화로웠고, 그들의 숨소리는 잔잔한 호숫가 물결이었고, 그들의 행동은 점잖았고, 그들의 환경은 한없이 넉넉했다. 그들만의 세상에 인간들은 범접할 수 없어 보인다. 혹여, 관심이라는 명목하에 방해하지는 않을지 염려스럽다.

　　지금 난 그들 속에 있다. 그들을 알고자 느끼고자 가까이 아주 가
까이 있다. 그리고 인간의 호기심을 채우기 위해 쉼 없이 셔터를 눌러
댄다. 배려는 잠시 머릿속에서 지우고, 이기심으로 나를 가득 채운다.
그들을 사랑하니까 그들을 곁에서 보고 싶으니까 말이다. 첫 만남의 어
색함도 없이 자신의 잠자리를 한 치의 망설임도 없이 내어주려 하는 마
을 사람들의 순수함은 사파리의 정점을 찍는다. 하얗게 드러내 보이는
미소가 내 마음을 머물게 한다.

3day

    태양의 존재는 대단하다. 변함없이 일관된다. 오늘의 태양도 어김없이 당당히 자신의 몸을 드러낸다. 그 찬란한 빛을 등에 업고 새로운 게임 드라이브는 시작된다. 새벽의 칼칼한 코끝의 촉감, 도시에서는 맛볼 수 없는 공기의 청명함. 조금은 쌀쌀한 기운을 헤치고 옹고롱고로 쪽으로 이동한다. 그래서 사바나의 아침 풍경은 남다르고 특별할 수밖에 없다. 면적에 놀랍고, 수십 종의 동물들에 놀랍고, 자연의 소중함을 지켜온 겸손함에 놀랍다.

어느덧 중독된 사파리, 옹고롱고로 에서는 그동안의 학습을 확인하는 효과를 준다. 보고 또 보고를 반복하면서 무한 사랑을 느낀다. 감동을 넘어 이젠 가슴을 파고드는 아련한 애인을 두고 가야 하는 심정이다.

아쉽다. 당당함은 애절한 눈빛으로 바뀐 듯, 애처롭다.

그러나 언제 그랬냐는 듯 다시 높은 자존감으로 보여줄 것이며, 유일한 자태를 뽐내며 다른 이들의 눈과 귀를 사로잡을 것이다. 그들은 항상 그 자리에서 묵묵히 지키고 있다. 그들의 터전에서 말이다.

4day

오늘은 모처럼 여유롭다. 그곳의 특이한 점은 숲이 더 울창하고 풀이 길게 자라고 있는 코끼리의 서식이 많은 곳이란다. 유난히 코끼리의 재롱은 언제나 웃음을 준다.

타랑기리(Tarangire National Park)로 향한다. 출발은 순탄했다. 가는 도중에 자동차 타이어가 펑크 났다. 언제나 순탄한 인생은 없듯이, 항상 계획되고, 예정된 여행이란 없다. 그럼에도 그들은 웃음과 여유로 그 순간을 즐기고 지혜롭게 극복해 낸다. 바로 '하쿠나 마타타'의 힘이 아닐까 생각한다.

동전의 양면처럼 마음에도 양면이 있다. 그 생각의 폭을 그들처럼 넓히고 뒤집어 보자. 길을 걷다 우연히 옛 친구를 만나듯, 여행은 갑자기 찾아오는 행복이란 선물을 받는다. 사파리의 명소 중 한 곳인 타랑기리에서 마무리를 한다. 언제나 투어의 끝은 아쉬움과 홀가분함이 교차한다.

∥ 잔지바르(Zanzibar)

쾌쾌한 비린내가 코를 찌르고, 뜨겁게 내리꽂는 불같은 태양이 등줄기를 적신다. 숨 고르기를 하고 길을 나서는 순간부터 어디로 가야할지 길 잃은 방랑자의 발걸음을 멈추게 한다. 좁은 골목과 모퉁이들이 시선을 사로잡는다. 아직까지 아랍 문화의 흔적이 남아서인지 대문의 문양이 다양하고, 건축 양식 또한 이색적이다. 히잡을 두른 여인네들의 발걸음에서 삶의 여유로움이 묻어 나온다. 특히 아프리카의 낙원인 이곳은 퀸의 프레디 머큐리의 고향이어서 더욱 흥미롭다. 이렇게 잔지바르의 첫인상은 스톤타운에서부터 시작된다.

　이곳의 역사를 말해주듯 향신료 투어는 중요한 시간을 선사해 준
다. 가이드의 해박한 설명과 토시 하나 놓치지 않으려는 진지한 여행자
들의 눈빛이 살아있다. 코끝을 스치는 익숙한 향기 후추 열매, 신기한
듯 보이는 계피나무, 카레의 원료를 눈으로 직접 확인하는 강황, 처음
접하는 커피나무와 열매, 여자들의 호기심을 자극하는 립스틱의 원료,
그리고 바나나와 두리안과 같은 열대과일의 천국이다. 스파이스 투어
는 음식의 기초를 알 수 있는 재료를 보는 즐거움도 있지만 처절한 삶
의 몸부림이기도 하다. 그런 열매와 씨앗이 없었더라면 우리들의 입맛
은 오늘날 이렇게까지 즐겁지 않았을 것이다. 문명의 발견과 발전은 위
대한 업적이다.

향신료에 흠뻑 젖은 기분으로 몸은 자연스럽게 순간 이동을 한다. 값비싼 랍스터를 고급레스토랑에서 저렴하게 맛볼 수 있는 곳, 사탕수수의 단맛을 최대한 살려 압축기로 짠 주스와 문어구이, 그리고 줄을 서야 먹을 수 있는 잔지바르 피자 한 조각은 그들에게는 허기진 배를 채워주는 한 끼 식사지만 지친 여행자의 영혼을 채워주는 따뜻한 사랑의 메시지이기도 하다.

달콤한 유혹 사탕수수 한잔을 마시면서 웅성거리는 인파 속으로 걸어가는데, 아이들이 하나둘씩 물속으로 뛰어들어 간다. 그 모습을 보고 있는 외국인들은 하나같이 셔터를 눌러대기 바쁘다. 나 역시 놓칠세라 카메라 초점을 맞추고 보니 석양의 그림자와 점프하는 모습이 작품이다. 하얀 백사장과 붉은 노을, 그곳에서 더욱 빛나는 검은 그림자는 어두워질 때까지 여운으로 남는다. 밤늦도록 야시장의 불빛은 켜져 있고, 앞으로 내 마음의 불빛도 꺼지지 않을 듯하다.

‖ 능귀 비치(Nungwi Beach)

발바닥이 뜨겁다. 그늘조차 없는 끝없이 펼쳐진 하얀 백사장이다. 독특하고 멋들어진 숙박 시설의 유혹을 뿌리치기 힘들다. 하늘과 맞닿은 듯한 색감의 바다는 어디에서도 느끼지 못한 눈부심이다. 그곳의 매력은 고요함이다. 이름에서 풍기는 신선함과 다정함이 맘에 든다. 코코

넛과 땅콩 그리고 신선한 과일주스는 지루한 더위도 잊게 해주는 먹거리다.

근육질을 자랑하듯 현지인의 상반신 노출은 이방인을 자극하기에 충분하다. 넉넉지 못한 여행자들에게 착한 가격의 랍스터를 맛볼 수 있는 곳, 혹시나 낯선 이로 하여금 로맨스를 만들어 주지 않을까 두리번거리는 사람들, 반면에 한가로이 일광욕과 독서를 즐기려는 여유로운 여행자들까지 오랫동안 머물러도 지루하지 않을 한가로움이 지친 일상에서 벗어나 여유를 가져다준다.

낯과 밤의 두 얼굴 능귀 비치는 밤에 더욱 빛난다. 'full moon party' 이것은 문화적 충격이고 나의 고정관념을 흔들어 준 작은 의식 같다. 유럽인들과 아프리카인들의 상상하지도 못한 즉석 만남, 그들을 신기하게 지켜보는 아시아인들의 놀라운 눈빛, 그러나 그들의 익숙한 몸짓과 새삼스러울 것 없는 행동은 어색함이 없어 보인다.

천의 얼굴을 간직하고 천의 사람들을 보듬어 주고, 추억을 곱씹어 볼 수 있는 나만의 추억 노트 같은 곳, 비밀 일기장을 꺼내보는 설렘, 여정의 피로를 녹여주는 꿀맛 같은 곳, 그래서 능귀가 좋다. 엄마의 품처럼 따뜻해서 좋다.

4장 ┃ 깨끗이 닦아라

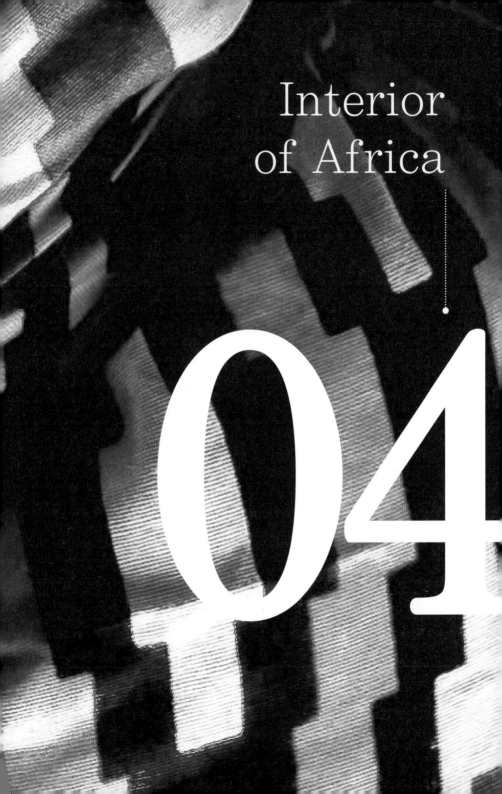

Interior
of Africa

04

1.

색감의 조화
마음을 움직이는 색의 조화

표면으로 느껴지는 잿빛 다운컬러와 내면에서 느껴지는 화려함이 꿈틀거리는 본능의 색채, 아프리카인들은 주로 원색을 사용하고 있다. 이국적인 영감에서 색감을 찾아오는 듯하다. 태양의 빛을 닮은 강렬하고 선명한 색채의 멋을 아는 듯, 더 진하고 더 강한 삶의 뿌리를 찾을 수 있는 색감을 좋아한다. 자극하거나 끌어들이는 흡입력 때문에, 눈길이 머물면 헤어나질 못한다.

열매를 따서 립스틱의 원료를 만들고, 자연으로부터 원초적인 색깔의 조화를 일상생활에 활용할 줄 아는 지혜가 있다. 그 속에서 삶의 긍정적인 해학을 느끼며 살아간다. 그림의 일종이자, 단순하고 이해하기 쉽게 원색으로 아름답게 표현했으며, 아프리카 회화의 한 장르로서 오늘날 널리 알리는 역할을 '팅가팅가 에드워드'가 했다고 해서 유래가 된 대표적인 탄자니아의 '팅가팅가 화풍'은 동물과 식물 그리고 사람을 중심으로 화려한 색감으로 화폭에 담는다.

유혹의 손길을 보낸다. 독특한 아프리칸 패턴의 다양화로 신선함을 준다. 하얀 페인트 벽에 걸어놓는 것만으로도 하나의 인테리어로 훌륭하다. 우리처럼 붙이고 없애고 바꾸려고 하는 것이 아니라 하나하나의 소품으로 작품을 완성하듯 인위적인 것이 아니라 마음을 움직여서 감동을 준다. 그들의 인테리어는 색감의 조화가 포인트다.

지극히 자극적이지 않고 폐쇄적이지 않으면서 평범하지도 않다. 아프리카만의 생명력 있고 생동감 있는 색감을 가지고 있다. 자연에서부터 얻을 수 있는 나무, 잎사귀, 풀, 껍데기, 열매, 등등 친숙하게 접근할 수 있는 재료들을 이용했다는 측면에서 호평을 받는다.

　외부와 내부의 조화는 인테리어의 기본 조건인 듯 외부는 화려하진 않고 단순하고 모던한 컬러로 보여줬다면, 내부 또한 가구와 조명 장식품과 소품 그리고 명화나 사진으로 공간을 채우는 방법으로 인테리어의 문화를 형성하고 있다. 색감과 인테리어는 상호보완 관계여서 한쪽의 균형 감각이 깨지게 되면 전체적인 분위기나 독특한 디자인 면에서도 완성도를 높일 수 없기에 색감의 조화는 동물적인 감각이 아니면 사람의 감성을 파고들어서 감동을 줄 수가 없다. 따라서 색감의 조화가 인테리어를 할 때 중요한 부분을 차지하고 사람들의 말초신경을 건드려서 밑바탕에서부터 끄집어낸다. 색은 빛으로부터 온다. 빛은 마음으로부터 온다.

　사람의 마음을 움직여야 한다.

케이프타운 '밥

2.

수공예의 극치
작품 속에 혼은 담다

손은 정교함과 섬세함을 앞세워서 작품의 완성도를 높이는 데 중요한 역할을 한다. 감각은 터치와 타고난 재능으로 혼을 불어넣어 주는 데 일조를 한다. 내면에서 끌어 오르는 불타는 열정과 시간의 흐름 속에서 장인의 정신을 이어 가려는 그들의 손놀림에서 생존의 처절한 수단으로만 여겼던 수공예품이 아닌 전통문화의 맥을 전하려는 모습이 진지하다. 오래된 나무를 갈고 깎고 문지르고 문양을 입혀서 하나의 상품이 되기까지 그들의 노력은 대단하다. 고유의 아프리카만의 독특함을 살린 것도 그들의 깊은 자부심이 깔려있는 듯하다. 좋은 시설과 환경은 아니더라도 열악한 상황에서도 자신들의 기술을 훌륭하게 생각하는 모습이 인상적이다. 풍부한 자원을 접목시켜서 특성에 맞게 한 땀 한 땀 엮어가는 진지한 얼굴에서 영혼의 작품은 탄생한다. 다양성을 추구하는 데도 노력은 숨어있다.

　하루가 멀다고 공장에서 기계로 뽑아내는 천편일률적인 물건들을 볼 때 영혼 없는 물건의 가치는 비교할 수조차 없어 보인다. 그들은 공예 분야의 전공자도 아니고 체계적인 코스를 밟아서 감각을 키운 것도 아니다. 땀의 결실이라 생각한다. 물론 생계형도 있겠지만 그들의 밑바탕에는 자부심이 깔려있다는 걸 간과해서는 그들을 이해할 수 없다고 생각한다. 복잡 미묘한 손놀림에서 정성을 엿본 사람만이 그들의 작품을 느낄 수 있기 때문이다. 그래서 완성도에서 높다고 할 수 있다.

유럽의 어느 장인의 손길보다 아프리카의 시골 마을 노익장들의 갈고 닦은 수공예야말로 관광객들의 시선을 사로잡는 탐나는 선물이 아닐까 생각한다. 나 역시 유혹을 뿌리칠 수 없어서 엄선된 수공예품을 몇 점 구입했다. 거실에 놓여있는 커다란 기린과 원주민의 모습을 물끄러미 보고 있으면 금방이라도 움직일 듯 살아서 뛰어나올 듯 생명력을 느낀다. 생명력이야말로 그들이 추구하는 수공예의 극치가 아닐까 생각하면서 오늘도 물끄러미 보고 있다.

3.

타일의 재발견
타일의 변신은 무죄

더운 나라일수록 시원함은 간절하다. 그래서 타일의 쓰임새가 많다. 자재의 특성상 시원함을 주기도 하지만 관리가 편리하다는 장점까지 갖추고 있다. 바닥재는 무조건 타일을 사용하는 편이다. 실내에서도 신발을 신고 다니기 때문에 청소가 간편해야 하고 샤워 시설과 물놀이가 일상이어서 타일의 문양은 화려한 것부터 단순하면서 모던한 디자인까지 다양하고 무궁무진하다. 바닥은 모던하다면 벽면은 화려하게 장식을 하는 경향이 있다. 단순한 정렬이나 배열로 식상함을 주지는 않고 좁은 면을 하더라도 변화를 준다. 크기에 따라서도 타일의 변신은 특별하다.

　　고급레스토랑에서의 타일은 높은 평가를 발휘한다. 화려한 색채로
음식미를 자극하는 재료로서 타일의 역할은 대단하다. 타일은 그만큼
일상생활에 급속도로 퍼져서 삶의 질을 향상시키고 있다. 느낌은 차가
워 보일 수 있지만 컬러의 조화가 어떻게 입혀지느냐에 따라서 전혀 다
른 타일이 탄생되기도 한다. 벽면을 페인트로만 꾸몄던 과거와는 달리
점점 타일에 의존해서 서서히 변화해 가는 모습을 볼 수 있다.

  여자들의 로망은 주방에서의 변신일 것이다. 타일을 바꿨을 뿐인
데 마치 자기 자신이 영화 속 주인공이 된 것처럼 들뜨고 기분이 고조
된다. 타일의 쓰임새를 잘 활용하는 방법도 지혜다. 타일 한 장으로 감
동을 줄 수 있다면 타일의 재발견은 대성공이다. 안타까운 건 가격 경
쟁력에 밀려서 중국산이나 인도산 타일을 선호한다는 점이다. 두 세배
의 차이를 뛰어넘기에는 역부족인 듯하다. 더구나 겉으로 보기에도 차
이가 없어 보이는 제품의 경쟁력이지만 강도나 수명 면에서는 조금 뒤
떨어질 수 있다는 건 가만 할 일이다. 업자나 소비자 입장에서는 선택
의 폭은 넓어졌으나 품질은 낮아졌다고 판매자의 입에서 전해 들을 수
있었다. 결론은 타일의 변신은 무죄다.

4.

조명의 화려한 변신

어둠을 밝히는 조명의 소중함

　빛과 어둠의 불편한 동거를 통해서 아니, 뗄 수 없는 숙명의 관계에서 새로운 발견을 시도한 예술인들이 많다. 그 원초적 빛을 돋보이고 빛나게 만들어 주기 위해서 조명은 탄생했다고 본다. 단순한 빛의 전달이 아닌 감동까지 가져다주는 조명의 변신은 아프리카에서까지 이어지고 있다. 우리가 잘못 알고 있는 정보 중에서 아프리카에는 빛은 거의 없고 어둠만 있을 것이라고 착각하고 있는 사람이 대부분이다. 그러나 그곳 역시 빛과 어둠은 공존하고 있다. 오히려 어두울수록 빛은 더욱 선명하게 느껴지게 된다. 조명의 발전은 어둠이 있었기 때문이 아니었을까 조심스럽게 혼자 곱씹어 본다. 인테리어의 꽃이자 마지막 완성도를 결정하는 것은 조명에서 마무리된다.

　샹들리에처럼 화려하다고 멋진 조명이 될 순 없다. 걸맞지 않은 곳에선 무용지물이 된다. 가격이 아무리 비싸더라도 어울리지 않으면 빛나지 않는다. 마치 남의 옷을 빌려 입은 듯 주위의 모든 것들이 어색해 보인다. 조도의 밝기도 조명의 몫이다. 면적에 맞는 크기도 중요하다. 조명에도 나름대로 자리가 있다.

　그곳에선 밝기가 한 단계 다운된 느낌이다. 밝음보다 약간 어두울 때 집중하고 선명하게 보이는 효과를 노리는 듯하다. 오히려 안정감이나 따뜻함을 더 많이 느끼는 효과를 준다. 화려한 조명이라고 해서 밝을 필요는 없다. 조명의 변신은 화려하고 독특한 모양이 아니라 밝기의 조절에서 더욱 빛이 난다고 생각한다. 조도의 절묘한 맞춤이다. 어둠이 내려앉으면 조명의 선명함은 조도가 낮을수록 높아 보이는 착시 현상도 있는 듯하다.

　거실, 주방, 침실, 화장실, 복도, 테라스 그리고 레스토랑과 상점의 외관 등등 종류와 쓰임새가 다양하다. 조명의 변화무쌍한 천의 얼굴을 잘 활용한다면 실내 장식이 부족하더라도 충분히 빛으로 덮어줄 수 있는 커버력이 있다. 아프리카에서는 낙후된 전기 시설로 인해 전기의 공급이 초과 되면 제한적이라서 중단되는 경우가 많이 있다. 그러나 당황하지 않고 무서워하지도 않는다. 장식도 되고 예비수단의 역할을 잘하는 촛불이 있기 때문이다. 조명이 사라진 뒤의 촛불은 따뜻함과 안정감을 동시에 만족해 준다.

　촛불 또한 그들의 조명 일부분이라고 생각하고 싶다.

5.

그림의 다양성과 독창성

삶 속에 파고든 그림의 매력

　가슴을 울리는 듯 저며 오는 시 한 구절, 마음을 달래듯 인생을 바꿀만한 노래 한 곡, 잠자는 영혼을 깨우듯 예술의 영감을 살짝 살린 그림 한 점에서 느끼듯이 아프리카에서의 그림 역시 이 모든 영역을 아우를 수 있는 포괄적 분야에 속한다. 자연환경에서 소재를 자연스럽게 그대로 반영하므로 더욱 자유롭다. 인위적인 그림은 찾아볼 수 없다. 동물과 꽃 그리고 사람들의 표정이나 모습은 그림을 통해서 자세히 들여다볼 수 있을 만큼 살아있다. 그 속에서 다양하고 독특한 작품이 나오는 듯하다. 어쩌면 그들의 역사와 문화를 대변해 주는 하나의 장르에서 빼놓을 수 없을 만큼 커다란 부분을 차지하고 있다고 해도 과언은 아닐 것이다. 그림이 생활 속에 들어온 것이다.

집 내부를 그림으로 꾸미기를 즐겨한다. 그림은 특정한 장소나 갤러리, 박물관 같은 곳에서만 접할 수 있는 특별한 사람들의 소유물은 아니다. 이들의 그림은 친숙함이 더 강하게 느껴져서 보편적 신선함으로 주위를 끌어들이는 마력이 있다. 그래서 그림에 홀리듯 빠져들 때가 분명히 있다. 그러면 어느새 그 그림은 여러분의 침실이나 거실에 걸려있을 것이다. 그림을 통해서 삶의 밑바탕에 깔려있는 애환과 한을 풀어가고자 하는 마음이 고스란히 전달되면서 한편으로는 그들의 의사소통의 도구로도 매개체 역할을 확실하게 보여주는 중요한 수단이기도 하다.

그림은 그들에게는 자유의 돌파구라고 할 수 있다. 표현의 자유를 그림을 통해서 표출하려는 의지와 욕망이 구구절절이 뼛속까지 스며들고 있다. 동물적 감각으로 색채와 미학의 조화를 염두에 두고 다양한 구도와 소재로 그림의 다양성을 추구하는가 하면 그들만의 전통문화를 살려서 독특한 패턴으로 독창적인 그림을 탄생시키는 재주를 가지고 있다. 다양성과 독창성을 동시에 만족하기는 쉽지 않다. 만족시켰을 때는 엄청난 파급효과를 기대할 수 있다. 바로 그림이 가지고 있는 매력이 아닐까 싶다.

6.

외관의 단순화
복잡한 건 싫어요

멋진 상점, 레스토랑과 같은 건물의 외관을 판단하는 기준을 어떻게 평가할 것인가? 갈수록 외관이 단순화되어 가고 있는 게 현실이다. 겉만 화려하고 내실이 없는 건 사람이나 건물이나 실속이 없다. 획일적인 단순화는 아니다. 다만, 낭비를 줄여서 효율성을 높이고 최대한 간소화와 단순화시키되 특징을 살리는 작업을 중요시한다. 이점이 그들이 추구하고자 하는 외관의 모습이다.

그들의 외관은 화려하지 않다. 색감도 화이트나 그레이 계통으로 무채색에 가까운 컬러를 선호한다. 고풍스러운 멋스러움이 외관을 빛나게 만드는 비결인 듯 보인다. 주변의 건물과 조화를 이룬다. 색상의 조화가 그러하듯 절대로 어느 한 곳만 튀어 보이지 않는다. 비슷해 보이지만 다름을 느끼기까지 시간이 걸려서 익숙해지기가 쉽지 않을 때가 많다. 비슷해 보이지만 특징과 개성을 살리려고 애를 쓴 흔적은 곳곳에 남아있다.

215

허름한 건물이라도 함부로 폐쇄하거나 없애려고 서두르지 않는다. 이용할 가치가 있는지 꼼꼼히 따져가면서 시간과 여유를 갖고 고민하는 모습에서 신중함을 엿볼 수 있다. 그 신중함은 건물을 지을 때도 마찬가지다. 절대로 빨리 급하게 짓는 법이 없어 보인다. 늦더라도 튼튼하게 완벽하게 지으려고 노력하는 모습에서 그들의 사고방식을 배울 수가 있다.

늦더라도 완벽하게, 화려하지 않더라도 조화롭게, 돋보이지 않지만 품위 있게, 단순하지만 단순해 보이지 않게 그들 나름의 방식대로 외관은 꾸며지고 있다. 그 속에서도 중요한 포인트는 멀리서도 한눈에 알아볼 수 있게 독창적이면서 새로운 아이디어로 사람들의 시선을 멈추게 하는 묘한 매력이 있는 건물의 외관을 보면서 자연스럽게 사람과 도시가 어우러진다. 복잡하지 않지만 그렇다고 획일화되어 있지 않아서 외관의 단순화는 사람들의 편리함과 연결되는 중요한 요소가 된다고 생각한다. 외관의 단순화는 단순한 것이 아니다.

그 속에는 많은 것들이 숨어서 제대로 움직이고 있다.

7.

내부의 고급화
생각의 전환이 필요할 때

　이미 오래전부터 서양문물을 받아들여 생활 속에 접목시킨 흔적이 발견된다. 화려함은 과감하게 그들의 성향을 닮은 듯 내부에 자연스럽게 침투되어서 실속형 고급화로 새로 재탄생된 느낌이다. 화려함을 살리고 강조하려고만 한 것이 아니라 소품 하나에도 고급스러움을 살리려고 노력한 모습이 시선을 사로잡게 한다. 그들의 겉과 속은 완전히 다르다. 그냥 지나칠 수도 있는 겉모습이지만 발길을 돌려서 속을 들여다보면 세련된 감각을 느낄 수 있다.

　거리적으로 유럽이 근접해 있는 관계로 영향을 받은 듯하지만 깊숙이 안을 들여다보면 그들의 화려한 색채는

고스란히 녹아 들어가 있다. 색채의 화려하고 정열적인 터치와 고풍스
러운 소품과 만났으니 아무런 장식을 하지 않아도 그대로의 모습은 우
리들의 눈에는 고급스럽기만 하다. 장인의 정신을 살린 고가구가 고급
화의 한몫을 요염하게 차지하고 있다.

내부를 가구나 소품 커튼과 조명 같은 장식만으로 세련된 멋을 추구한다. 언제든지 분위기와 상황에 맞게 바꾸거나 이동하면서 연출이 가능하기 때문일 것이다. 고정되고 정형화된 내부의 단조로움에서 벗어나서 창조적인 내부를 만들려고 하는 사고방식이 바로 그들의 고급화의 핵심인 것이다.

내추럴한 상태에서의 고급화는 더욱 실속 있는 내부를 만든다. 정원을 옮겨놓은 듯한, 친환경을 중요시하는 그들의 삶은 자연스럽기만 하다. 그들이 말하는 고급화는 꾸민 듯 안 꾸민 듯 자연스러움이 실속 있는 생활 속에 깊숙이 파고들어 가고 있는 생각의 전환이 아닐까 싶다. 생각의 다양성이 고급화를 끌어낼 수 있지 않을까 생각한다. 우리의 생각도 전환이 필요할 때라고 본다.

8.

간판의 특성화
첫인상은 간판에서 나온다

　자신을 알리기 위해서는 명함이 필요하다. 거기엔 모든 것이 함축되어 있는 압축된 자신의 모습이기 때문이다. 크기, 컬러, 디자인, 이미지 등등 자기만의 개성을 표출하고 상대방에게 알리는 수단으로서 매우 중요한 역할을 하기에 만들 때 신중하게 된다. 명함으로 그 사람의 전부를 판단할 수 있기 때문이다.

　간판은 명함과도 같다. 간판을 보고 어떤 곳인지 판단할 수 있고, 간판만으로 선택할 수 있기 때문이고, 간판이 첫인상의 이미지를 대신할 수 있는 유일한 방법이기도 하다. 그들은 간판이 가지고 있는 특수성을 잘 파악하고 있는 듯 특징을 살려서 이미지를 부각시키는 데 초점을 맞추고 있다. 유럽과 서양문물을 재빠르게 받아들여서인지 세련되고 심플하면서 고급스러운 디자인으로 간판을 제작한다. 그 속에서 아프리카의 뿌리를 찾으려고 애를 쓰는 모습이지만 점점 사라져가는 느낌이다.

　상업적인 현실을 배제할 수 없는 부분도 있거니와 아프리카만의 향기를 낼 수 있는 현재와 과거가 공존하는 현대식과 구식의 조화를 살려서 그들만의 또 다른 무엇이 탄생되어질 때 발전하는 아프리카를 볼 수 있을 것 같다. 다행스러운 건 어울린다는 것이다. 아프리카의 오묘한 매력을 강조하되 도드라지지 않고, 현대식 디자인을 접목시키되 앞서가거나 동떨어지지 않는 무채색과 화려한 색감을 적절히 섞어서 간판만의 특성을 살리는데 중심을 두고 있다.

갈수록 독창적인 독특함이 사라지고 획일화되고 동일한 체인점으로 인해서 개성이 점점 사라져가는 건 아닌지 한편으로 걱정스럽기도 하다. 이렇게 변화된 모습이 있는가 하면 아직도 열악한 분위기 탓에 간판의 구실을 못하거나 없는 곳이 많고 간판의 중요함도 모르고 길거리에서 물건을 파는 사람들이 대부분임을 가만하면 갈 길은 멀고 다른 나라이야기는 아닐 것이다. 그들은 현명하다. 현실에 적응을 잘한다. 부족한부분을 채우는 속도는 빛의 속도로 빠르다. 엄청나게 성장할 것이다.

9.

디자인의 실용화

아름다움의 완성은 디자인에서 온다

디자인은 예술의 총체적 마무리이자 극렬함의 극치를 보여준다. 무조건 아름다워야 한다. '선'이 주는 부드러움과 '각'이 주는 세련된 감각과 '공간'이 주는 안정감과 '색채'에서 만들어 내는 고유의 따뜻함과 차가움이 모두 합치된 완성된 작품이다. 아프리카에서의 디자인은 순수예술에 가깝다. 그러나 단순하지 않되 생활에 필요하거나 적합하도록 실용화한다. 자연에서 영감을 얻은 초현실적인 연출을 뿜어낼 수 있게 과감한 도전을 함으로써 남다른 모습을 뽐내기도 한다.

디자인은 정해져 있는 틀과 고정관념도 없이 '무'에서 '유'를 만드는 일이다. 모방을 해도 좋다고 생각한다. 다만 그곳에서 새로운 것이 탄생한다면 밑거름이고 모범 답안이 될 수 있다. 아프리카에서의 디자인은 무궁무진하다. 어떤 것을 그리거나 만들어도 모든 것을 빨아들여서 백지 위에 당당히 그들만의 모습으로 나타내려고 최선을 다한다.

디자인은 불편함을 편리함으로 바꿔주는 마술사 같은 존재다. 생각지도 못한 아이디어가 생활 속에서 나온다. 깊숙이, 가까이, 밀접하게 생활 곳곳에서 여과 없이 끄집어내서 필요한 것을 만들어 낸다.

역시 아프리카인들도 편리함을 추구하는 건 마찬가지다. 모든 것이 낙후되어 있고 뒤떨어진 건 아니기 때문에 발전 가능성을 확인할 수 있다. 그들은 현실에 최대한 근접한 실용주의를 선택해서 합리적으로 적용하는 능력을 가지고 있다고 생각한다.

디자인은 한눈에 반한다는 말이 있듯이 멋있는 디자인은 누구나 탐내기 마련이다. 강한 소유욕을 유발하는 건 바로 디자인이기 때문이다. 아프리카에서의 디자인은 유일무이한 것들과 상상 그 이상의 것들이 공존하면서 디자인의 세계에서 눈을 뜨게 만들어 주는 역할을 해주는 듯하다. 동물적 감각이 살아있어서 원초적인 사람들의 심리를 자극할 줄 아는 듯 초자연 주의적인 정신을 밑바탕에 깔고 디자인하기 때문에 자연스럽다. 그래서 디자인은 자연이다.

10.

사고의 반란
인테리어는 사람과 사랑에서부터

아프리카에서의 인테리어란 무엇인가? 생각의 전환, 사고의 반란이다. 어렵게 느낄지 모르겠지만 고정관념이나 틀에 박힌 생각을 조금만 비틀어서 접근한다면 결과는 어마어마하게 달라질 수 있다. 그들의 사고는 이미 오래전부터 열려있다. 빠른 속도의 성장과 발전으로 인테리어의 분야를 개척하고 노력해서 그들의 것으로 만들려고 몸부림을 쳤는지 모른다. 보이지 않는 곳에서 나름의 생존 전략적 치밀함이 있었는지도 모른다.

사고의 전환은 인테리어를 하는 데 있어서 가장 중요한 부분이자 핵심임을 깨닫는 순간 돋보인다. 남다른 독창성과 비교할 수 없는 아이디어의 원천은 모두 똑같은 생각과 천편일률적인 사고에서 벗어나야 한다.

　인테리어처럼 종합 예술 분야를 제대로 섭렵하기란 그리 녹록지 않겠지만 그들은 즐겁고 신나게 받아들이고 성취하는 데서 희열을 맛보듯 인테리어가 주는 커다란 감동을 알고 있다. 그들이 알고 있는 인테리어는 복잡하지도 어렵지도 않고 단순하고 쉬워 보인다. 그들만의 언어로, 그들만의 느낌으로, 그들만의 상상으로, 그들만의 영역에서 완성이라는 큰 그림을 그리고 있는 게 아닌가 싶다.

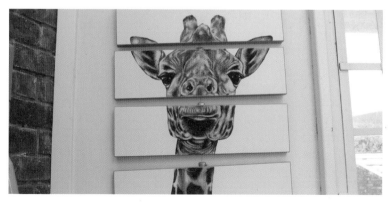

그러나 인테리어의 특성상 독특하고 독창적인 세계를 추구하다 보면 대중성을 놓치고 지나치기 마련이지만 절대 그럴 리 없어 보인다. 독창성과 대중성 예술성까지 갖추어져야 완벽하다고 느끼는 듯 보인다.

무엇하나 소홀히 할 수 없다. 왜냐하면 인테리어는 그들한테는 자존심이기 때문이다. 아프리카에서의 인테리어는 그곳에서만 존재하는 것들이어야 사랑받을 수 있다는 걸 그들은 잘 알고 있을 것이다. 그들이 주장하는 인테리어의 테마는 사랑이다. 인테리어의 모티브는 사람과 사랑이다.

Dream
of Africa

05

1.

힐링 여행

낯선 곳에서 느낀 자유

　'Healing' 가슴이 아련한 추억, 흩어진 기억의 아픈 영혼의 길을 떠난다. 일상에서의 무거운 짐을 벗고 마음을 정화했을 때 돌아온다. 낯선 곳에서 치유하고픈 욕망이 강할 때, 머물렀던 곳으로 다시 돌아가서 아무도 없는 익숙함과 편안함에 머무르고 싶을 때, 가방을 꾸리고 신발 끈을 맨다. 계획 없이 무작정 발길을 옮겨도 좋다. 짐은 허술하기 짝이 없다. 돌아올 땐 가방 속에는 최고의 선물을 담아 오게 될지도 모른다. 이것이 힐링이자 치유 여행이다.

　아프리카 중부지역에 위치한 탄자니아, 이곳에서 조금 떨어진 작은 섬 잔지바르는 다르에스살람에서 경비행기로는 20분, 배편은 6시간이 걸린다. 그곳에서 미니버스로 1시간 더 달리면 나의 보물 능귀 비치가 숨어있다. 아프리카인들도 지상낙원이라 입을 모으기도 하지만 그들조차도 그곳으로 여행을 떠나는 아름다운 곳이다.

하늘과 맞닿은 바닷가, 강렬한 아프리카 햇살에 반사된 듯 곱고 하얀 백사장 위로 백인과 흑인이 어우러져 한가하게 일광욕을 즐기는 모습에서 평온함을 느낀다. 모든 것을 내려놓게 한다. 정처 없이 발자국을 보고 걸어도 족히 한 시간 남짓, 그늘에서 땀과 선크림에 얼룩진 얼굴을 거울에 비춰본다. 바닷가 끝자락에서 마시는 망고 주스의 진하고 걸쭉한 덩어리가 막혀있던 가슴을 뚫어준다.

사소한 일상에서 나를 돌아본다는 건 힐링하고 있음이다. 아프리카는 보듬고 품어서 치유해 주는 건강한 곳이다. 살포시 부끄럽게 다가와서 힘겹고 힘들었던 손을 잡아주면서 지난날을 어루만져 주면서 미래에 대한 벅찬 희망을 선물해 준다.

　망설이지 말고 고민하지 않는다면 힐링은 물론 깊이 있는 성장을 하고 있는 자신을 발견하게 된다. 외면만 하고 눈길을 주지 않았던 아프리카를 다녀온 여행가의 눈에는 재발견이라는 커다란 그림을 그린다. 천사 같은 눈망울과 거짓 없는 미소를 보고 있노라면 세상의 아픔과 고통과 상처는 어느덧 사라지고 같은 곳을 바라보고 웃고 있는 나를 보게 된다. 마음이 가볍고 가볍다. 신기하고 신기하다. 행복하고 행복하다. 최면에 걸린 듯 난 행복한 사람이 된다.

2.

은퇴 여행
아프리카에서 찾은 제2의 인생

인생의 황혼기이자 제2의 새로운 시작이 동시에 걸쳐있는 시발점이 바로 은퇴다. 과도기이다. 모든 생활의 패턴이 바뀌고 몸과 마음도 급변하게 변하는 과정에서 은퇴 후에 여행을 과감하게 결단을 내려서 떠난다면 동반자와 함께 미래를 설계할 수 있는 중요한 시간이 될 것으로 확신한다. 반드시 필요하다. 남아프리카 공화국이 여러모로 적합한 곳이다. 월드컵을 훌륭하게 개최한 남아프리카 공화국은 은퇴한 부부가 머물면서 다니기에 적합한 날씨와 볼거리 그리고 먹을거리가 풍부해서 사계절 언제라도 떠나기 좋은 장소다. 멀지 않은 반경 안에서 휴식과 즐거움을 동시에 느낄 수 있고 아프리카에 대해서 위험하다고 편견을 갖고 있는 분들에게는 치안 면에서도 어느 정도는 안전하다고 느끼기 때문에 무리는 없다.

최남단 케이프 반도에 위치한 케이프 포인트는 가는 길이 굽이굽이 자동차 광고에나 나올법한 해안가를 끼고 끝없이 펼쳐지는 바닷가

를 배경으로 달리다 보면 어느새 인도양과 대서양이 만나는 지점에 도
착하게 된다. 전망대에서 바라본 바다는 먹먹한 가슴을 시원하게 뚫어
준다.

   대부분 운무에 덥혀 시야를 가리는 날이 많아서 쾌청한 날씨를 만
나는 건 행운에 가까울 정도로 날씨의 영향을 많이 받긴 하지만, 테이
블 마운틴에서의 절경에 심취하다 보면 가릴 곳 없는 뜨거운 태양도 비
껴갈 지경이다. 낭떠러지처럼 아슬아슬한 절벽, 발아래를 내려다보며
부부가 두 손 꼭 잡고 미래를 약속하기에 더없이 좋은 장소가 된다.

해 질 무렵 시원한 바람을 등에 지고 1시간 정도 천천히 평지를 걷 듯 오르면 시그널힐에서의 붉은 노을과 와인 한잔의 추억은 두고두고 기억에 남을 것이고 둘만의 감정에 몰입된다. 시내에서 멀지 않은 접근 성으로 관광객과 주민들이 항상 붐비는 곳이다. 워터프런트에서의 특 별한 아프리카 전통춤과 악기로 사람들을 현혹시키는 길거리 공연과 고급레스토랑에서의 신선한 해산물이 곁들여진 저녁 만찬은 그야말로 로맨틱하고 환상적인 시간이다.

가볍게 로컬 맥주와 아프리카 와인을 취향에 따라 맛볼 수 있는 노천카페나 골목골목 재즈 바에선 밤늦게까지 열기가 식을 줄 모른다. 하루의 마무리를 이곳에서 하는 것도 나쁘지 않다. 은퇴는 끝이 아닌 또 다른 시작, 앞만 보고 달려온 이 땅의 노동자 근로자 아버지들이여! 인생에서 이런 호사를 누릴만한 자격이 있기에 강력추천합니다.

3.

신혼여행
평생 잊을 수 없는 사막에서의 추억

설레는 순간, 떨리는 마음, 새로운 출발, 최고의 시간, 최상의 컨디션, 최대한 행복하게 둘만의 밀월 여행처럼 각자 꿈꾸었던 비밀장소를 조심스럽게 꺼내들고 갈팡질팡하는 커플들을 위해 나의 미래의 신혼여행지가 될 아프리카의 나미비아를 추천한다.

나미비아는 남아공과 근접해 있고 나미브 해안사막으로 유명해서 관광객이 끊이지 않는 곳으로 알려져 있다. 신혼여행지가 사막이라니 조금은 의아스럽게 또는 생뚱맞아 보일지도 모른다. 그러나 사막의 유혹에 빠져보지 못한 사람들은 절대 알 수 없다.

　　나미비아의 수도 빈트후크에서 사륜구동 자동차로 4~5시간을 꼬박 달려서 사막의 거점이 되는 나미브 나우클루프트 국립공원으로 간다. 숙박은 단계별로 원하는 스타일의 숙박 시설이 여행객들을 손짓하지만 허니문답게 캠핑보다는 편안하고 고급스러운 곳이 좋을듯하다. 밤하늘의 쏟아지는 별이 이렇게 아름다울 수가 있을까? 칠흑 같은 어둠이 뒤덮을 때쯤 불빛은 어스름하게 저 멀리 동선을 만들어 주지만 이내 사라져 버리고 별의 세상이 펼쳐진다. 태어나서 처음으로 눈앞에서 별과 마주한 가슴은 쿵쾅쿵쾅 방망이질을 해대는 바람에 한참을 진정시키고서야 잠을 청한다. 서로의 눈빛을 보면서 사랑을 맹세하는 순간 영원한 사랑이 된다.

　　새벽의 알싸한 공기가 조금은 차갑게 느껴져서 외투와 머플러로 몸을 감싸고 나서 지구상에서 가장 아름답고 유난히 붉은 아프리카의 태양을 맞이하기 위해 한 걸음 한 걸음 제대로 걸을 수 없는 사막의 모래 위를 간신히 몸을 움직여서 제일 높은 곳에 도착, 사막은 이미 붉게 타오르기 시작한다. 떠오르는 해를 보면서 한 가지 소원을 말한다. 타오르는 태양을 향해 소리 질러 외친다. 한참을 눈을 뗄 수 없이 빠져든다. 사막에서 우리를 위해 준비한 모닝커피와 토스트 그리고 신선한 과일은 고급호텔 룸서비스에 비교할 수 없다. 제2의 인생의 시작이 된다.

4.

가족 여행
신비한 동물의 세계를 가족과 함께

아이들이 성장하면서 가족과 함께 한 번쯤은 가게 되는 곳이 동물원이다. 순수한 동심의 세계로 끌려가다 보면 신비한 동물들을 만나게 되고 어느새 그 속으로 빨려 들어가게 되는 경험들이 한 번씩은 있을 것이다. 동화책에서나 불러봤던 이름의 주인공들이 자태를 뽐내며 재주를 부리면서 귀염둥이 짓을 해대는 바람에 푹 빠져든다. 그런 아련한 기억으로 조금씩 성장을 하면서 동물에 대한 동경과 끌림은 머릿속을 떠날 줄 모르고 다큐멘터리에서 보여주는 눈망울은 손짓하는 듯 내 몸을 끌어당긴다. 누구나 이런 상상을 하면서 살고 있을 것이다.

그래서 가족이 함께 가면 좋을 곳이 바로 탄자니아에 위치한 세렝게티다.

모시나 아루샤가 세렝게티로 가는 거점 도시라서 대부분 그곳에서 움직인다. 경력이 뛰어나고 능숙한 가이드와 솜씨 좋은 요리사가 함께 하기 때문에 안전하다. 동물을 보기 위해서 찾아다니는 일정만 최소 3박 4일이 소요된다. 식사와 잠자는 시간 외에는 동물을 보는데 모든 시간을 보내는 사파리다. 본격적인 게임 드라이브가 시작된다. 그 시간만큼은 개인의 행동이 허락되지 않고 서로 협동과 타협과 배려와 이해가 녹아 들어가야 보고자 하는 동물들을 순조롭게 볼 수 있다.

건강한 기린이 눈앞에서 목을 쭉 빼고 요염한 자태를 하고 있는 모습, 새끼와 어미로 보이는 코끼리 떼가 무리 지어서 물을 뿜어대는 귀여운 모습, 멀리서도 한눈에 알아볼 수 있는 얼룩말의 모습, 위엄을 토하듯 자리를 지키는 것만으로도 긴장감을 주는 사자, 태양이 뜨거워 연신 물속에 들어갔다 나오기를 반복하는 하마, 나타나는 것만으로 주변을 평정하고 초토화시키는 하이에나, 꼬리를 흔들며 사람들을 유혹하는 톰슨가젤, 나열할 수도 없는 종류가 어마어마하다.

살아있는 동물의 세계를 확인하면서 심장이 꿈틀거림을 느낄 수 있다. 가족이 함께한다면 따뜻함을 느낄 것이다. 더구나 아이들의 교육과 정서는 평생 기억에 남을 만할 것이다. 세렝게티에서의 값진 시간을 보낸 후 가족은 끈끈함과 서로에 대한 애착, 무엇보다도 넓은 세계를 품을 수 있는 건강한 마음을 가져올 것이다.

5.

방학 여행

인생의 겸허함을 가르쳐 준 킬리만자로

    방학이 주는 여유로움과 설렘으로 특별하고 뜻깊은 계획을 항상 세우기 마련이다. 이번에는 좀 색다르고 평생 기억에 남을 순간을 만들어 보면 어떨까 제안해 본다. 아프리카 탄자니아에 위치한 킬리만자로를 소개한다. 해발 5,895m의 위용과 감히 범접할 수 없을 것 같은 신비에 가까운 산이므로 도전에 대한 강한 의지와 용기만 있다면 충분하다. 건강한 체력과 강인한 정신력이 필요하면서 산에 대한 애착과 사랑하는 마음이 누구보다 남다른 생각을 가지고 있으면 된다.

    4박 5일의 일정으로 가이드와 포터 그리고 요리사를 동반한 대가족이 한 팀을 이루고 일사불란하게 움직이면서 페이스 조절을 잘해야 한다. 급할 것도 서두를 것도 없이 천천히 목표지점을 향해 한발 한발 내딛다보면 어느새 정상이 가까이 있음을 느낀다.

　가이드와의 대화 속에서 삶의 진정성과 솔직함이 묻어난다. 죽을 만큼 힘든 산을 오르는 일상이 되어버린 가이드가 측은하다. 긴 시간 동안 나를 돌아보기도 하고 미래의 나를 설계해 보기도 하며 때론 성찰의 순간도 달콤하게 맛볼 수 있는 수행의 시간이 주어진다. 묵묵히 마라톤을 하듯 걸어가면 된다.

　예기치 않은 고산증세에 포기하고 싶어지면 한 박자 멈췄다 가는 지혜가 필요하다. 1등을 하기 위해서 그곳에 가는 건 결코 아니다. 산소호흡기로 천천히 걸어가는 백발노인부터, 정상에서 프러포즈를 하는 연인, 삼삼오오 저마다 특별한 사연으로 정상에서의 뜨거운 포옹을 나누는 그 순간만큼은 태양에 눈이 부신 듯 눈물은 범벅이 된다.

이렇게 가슴 벅찬 태양을 마주하며 하루를 맞이해본 적이 있는가? 어두운 터널을 지나 밝은 세상으로 들어간 느낌이다. 거대한 킬리만자로 앞에서 난 부끄러운 인간에 불가하다. 시간 여행을 한 듯 지금까지의 삶은 이곳에 묻어두고 하산하기로 한다. 고통을 이겨낸 듯 통과의례를 제대로 거친 삶은 성숙해지고 한 단계 성장한다. 방학 때 한 번은 꼭 도전해서 발전된 자아를 발견하길 바란다.

6.

봉사 여행

무조건 준다는 것의 아름다움

    봉사는 희생으로 인해 가능하다. 아무나 할 수 없는 성역의 테두리 안에서 기꺼이 몸과 마음을 내려놓기를 주저하지 않는 천사와도 같은 정신세계를 갖춘, 평범한 사람으로서는 도저히 범접할 수 없음을 깨닫는다. 나를 찾는 시간이 아닌 나를 버리는 연습을 하는 소중한 시간이 된다. 여행이 목적이 아닌 봉사로서 그들과 함께 공감하고 생활할 수 있는 시간을 쏟아붓는 유일한 자기 성찰의 시간이다.

    모시에서 봉사의 뿌리를 내리고 싶다. 탄자니아에 위치한 작은 도시지만 포근함과 끈끈한 정 때문인지 처음부터 왠지 끌리더니 정착할 생각까지 하게 만든 유일한 곳이다. 옷깃만 스쳤을 뿐인데 인연의 끈이 끈적끈적하게 내 발목을 잡는다. 숙소를 잡지 못해 1시간을 헤맬 때 비록 작은 침대 하나 있는 방 한 칸이지만 기꺼이 자기 집으로 안내해 준 호텔 여직원, 끼니를 챙겨주는 주방장 아저씨의 무뚝뚝하지만 수줍은 모습, 집으로 초대해 가족과 좋은 시간을 보낼 기회를 만들어 준 학교 선생님, 마트 앞에서 우연히 마주친 설탕공장 사장님의 배려로 맛볼 수 있었던 시원한 차 한 잔. 매일 매일 일상이 축복이자 행복한 나날이었음은 그들의 꾸밈없는 순수함 때문이다.

받은 걸 돌려주고 싶다. 물질이 아닌 진정한 사랑을 주고 싶다. 아마도 그들은 물질도 조금은 중요하지 않을까 생각해 본다. 워낙 부족함이 많기에 당연하다고 생각한다. 그러나 그들은 절대로 물질을 바라지도 연연하지도 않는다. 있는 그대로의 마음을 주고받기를 원한다. 여행을 하고 있지만 그들과 함께 호흡하면서 봉사할 수 있는 삶을 바란다. 나라에서 도움을 주는 단체들도 꾸준히 소리 없이 봉사의 손길을 보낸다. 공감대를 만들 수 있는 용기만 있다면 아프리카 어디든 좋다. 아프리카에 대한 향수는 특별하다. 왜냐하면 그들은 타인의 호의를 겸허하게 받아들일 줄 알고, 고마움의 깊이를 깨닫는다. 봉사할 수 있고, 그들과 함께할 수 있고, 여행이 아닌 봉사로서 그들을 만날 수 있음이 감사하다. 아프리카에서의 봉사는 사랑임을 깨닫게 해줘서 감사하다.

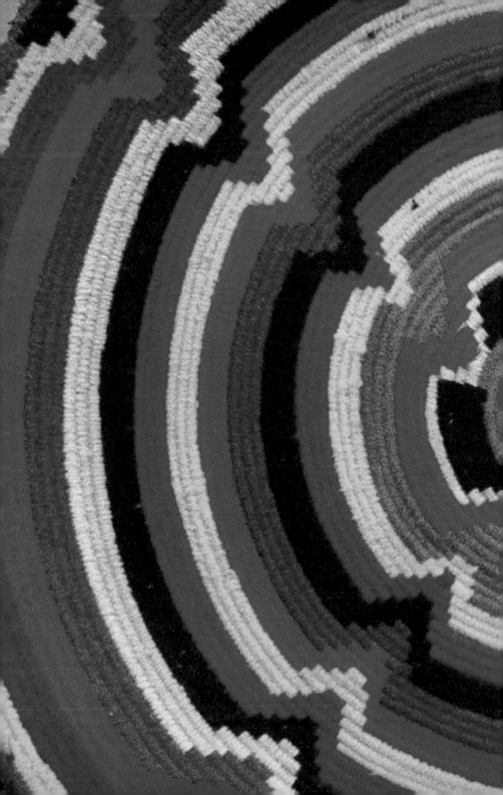

Movie
of Africa

06

1.

라이언 킹(The Lion King)
도망치든가 극복하든가

　　인격화되고 인간의 감성이 살아있는 듯한 동물들이 위계질서를 유지하면서 사는 아프리카의 어느 왕국을 배경으로 만들어져서 화제를 모았다. 사자 심바의 왕이 되기까지의 여정을 멋진 음악과 함께 표현하고 있다. 동물이 주연이라는 생소한 반응 때문에 초기에는 흥행 여부에 많은 논란이 있었다.

　　디즈니의 32번째 클래식 애니메이션 장편 영화다.

　　사바나를 다스리는 사자 왕 무파사의 아들 '심바'가 주인공이다. 무파사의 자리를 탐내는 삼촌 스카의 계략으로 인해 무파사가 죽고 심바는 홀로 도망쳐 새로운 친구들인 티몬과 품바와 함께 평범한 삶을 보낸다. 그러던 중, 어린 시절을 함께 지낸 암사자 날라를 만나게 되면서 심바는 다시 왕위를 되찾기로 결심하게 된다. 윌리엄 셰익스피어의 햄릿과 성경의 모세 이야기로부터 영향을 받았다고 한다.

*출처: 백과사전

영화에서 자주 등장하는 단어가 있다. '하쿠나 마타타.' 스와힐리어로 '모든 것이 다 잘 될 거야.'의 의미를 갖고 있다. 아프리카의 넓은 초원과 광활한 대지 그리고 수많은 동물을 소재로 이야기를 전개했다는 발상이 신선하다. 아프리카라는 특별한 장소와 동물이라는 특이한 등장인물의 설정은 아이들한테는 상상의 꿈을 꿀 수 있게 동심의 마음을 끌어당겼고, 어른들한테는 어릴 때의 추억으로 돌아갈 수 있게 울림을 준다. 단지 애니메이션이라는 가볍고 단순함을 넘어 교육적인 교훈을 남겨준 훌륭한 작품이고, 흥행에서도 성공을 한다.

아프리카라는 특별한 배경이 있었기에 멋진 그림과 장면을 연출하는데 큰 몫을 차지했다고 본다. 그만큼 아프리카는 접근성과 대중성에서 크게 벗어난 곳임에도 불구하고 이 영화를 통해서 말끔히 해결한 느낌이 든다. 오히려 동경의 대상을 친근함으로 대중들에게 어필함으로써 가깝게 느껴졌을 거라 생각된다. 그러므로 영화가 주는 파급효과는 상상을 초월한다.

이 시대를 살아가는 모든 이에게 강렬한 메시지를 전달해 준 명대사가 아닌가 되새겨 본다.

"과거는 상관없어, 아프긴 하겠지. 하지만 둘 중 하나야 도망치든가, 극복하든가." -〈라이언 킹 중〉 중에서-

2.

아웃 오브
아프리카(Out of Africa)
인생의 주인공은 나침반

1985년에 만들어진 영화로, 1900년대 초반의 아프리카를 배경으로 하는 실화다. 각본은 커트 뤼트케가 맡았고, 원작은 이삭 디네센(필명은 카렌 블릭센 피네케)의 동명 소설, 1900년대 초를 무대로 카렌 블릭센 피네케의 경험을 바탕으로 한 〈아웃 오브 아프리카〉에서 메릴 스트립은 아프리카 동부로 옮겨가 정략 결혼한 귀족 남편(클라우스 마리아 브란다우어)과 함께 커피 농장을 세우는 덴마크 여자 역을 맡았다. 그녀는 영국의 모험가 데니스 핀치 해턴(로버트 레드포드)을 만나 사랑에 빠진다. 〈아웃 오브 아프리카〉는 상영 시간이 150분 정도 되는 대작으로, 로케이션 촬영을 통해 케냐 고원지대의 풍경을 아름답게 포착했다. 영화보다 더 아름답고 빛나게 했던 음악이 모차르트 클라리넷 협주곡 2악장이다.

*출처: 백과사전

이 영화는 아프리카 케냐를 배경으로 너무나 아름다운 장면들이 말해주듯 눈을 뗄 수 없을 만큼 그림 같은 곳이 많이 나올뿐더러 자연과 어우러진 음악도 경외감에 빠지게 할 뿐만 아니라, 모차르트의 매혹적인 선율도 잊히지 않는다. 가장 기억에 남는 장면은 데니스의 나침반이다. 카렌이 데니스를 맨 처음 만날 때, 가장 소중한 것이 뭐냐고 물어보자 나침반을 보여준다. 이 나침반만 있으면 아무리 길을 잃어도 방향을 찾을 수 있다는 말은 너무 멋지다.

우리의 나침반은 지금 어디로 향하고 있을까? 선택의 순간이 필요할 때, 길을 잃고 헤매고 있을 때, 이 말을 꺼내서 되새김질해 보면 방향을 찾을 수 있을까? 스스로 찾지 못한다면, 살아감에 있어서 옳은 길만 갈 수 있도록 조언해 줄 수 있는 한 사람과 함께 공유하고 있다는 것도 소중한 나침반이 아닐까 싶다. 실화를 바탕으로 해서인지 탄탄한 스토리 전개와 최고의 로맨틱하고 흥미진진한 주인공들의 미묘한 감정표현이 극대화되면서 음악이 주는 결정적 포인트는 소름 돋게 한다.

3.

울지마 톤즈
(Don't cry for me Sudan)
무한 사랑의 힘

　　남수단 톤즈라는 작은 마을에서 선교 활동을 했던 수단의 슈바이처 故이태석 신부님의 실화를 바탕으로 구성한 다큐멘터리다. 우리가 인생을 살면서 정신적인 '멘토'를 찾는 이유는 무엇일까? 인생의 나침반을 찾는 이유는 무엇일까? 울지마 톤즈에 나오는 이태석 신부님은 인생의 올바른 방향을 제시해 준 멘토이자 나침반이다.

　　신부님은 20년간 내전을 겪어온 톤즈 마을 아이들에게 총 대신 악기를 가르쳐 주며 35인조 브라스밴드를 결성한 인물이다. 신부님의 노력은 원주민들에게 잠재돼 있던 음악적 재능을 세상에 알리게 해주었고, 브라스밴드는 수단평화협정이라는 국가적 행사에 초청됐을 만큼 활약을 펼친 바 있다. 신부님의 형인 이태영 신부님은 우등생으로 의대 입학까지 했던 동생이 가족들의 반대에도 불구하고 29살 나이에 신학대에 입학해 사제의 길을 걷게 됐다고 밝혔다.

　세상에서 이렇게 가난한 사람들이 있나 싶을 정도로 충격을 줬던 아프리카 톤즈로 가서 평생을 행복한 마음으로 톤즈 사람들을 돌봐왔다고 한다. 신부님은 암 판정을 받은 뒤에도 가족들에게 알리지 않고 계속해서 봉사를 했으며, 2010년 1월 14일 암으로 세상을 떠나기 직전까지도 톤즈 사람들을 걱정했다고 한다. 이에 톤즈 사람들은 그를 그리워하며 눈물을 흘렸다.

　영웅은 멀리 있지 않다. 주변의 가까이에서 작은 울림과 감동으로 서서히 묵묵히 자신의 일을 한다. 이런 분들과 같은 시대를 살아간다는 것만으로도 자랑스럽다. 영웅은 드러나지 않는다. 지금도 어딘가에서 희생이라는 이름으로 조용히 자신의 역할을 한다.

신부님이 톤즈 사람들에게 남긴 유언이 공개됐다.

"되돌아보면 내가 얻은 것이 더 많았다. 그들은 작은 것에 감사할 줄 알았고 부족한 가운데서도 나눌 줄 알았다. 기쁘고 행복한 모습을 보여줬다. 나를 사제로서 교육자로서 믿어주고 친구로 받아줬다. 톤즈의 친구들에게 정말 고맙고 사랑한다고 말하고 싶다."

4.

블러드 다이아몬드
(Blood Diamond)
다이아몬드의 양면성

〈블러드 다이아몬드(Blood Diamond)〉는 에드워드 즈윅 감독의 2007년 영화다. 레오나르도 디카프리오, 제니퍼 코널리, 디몬 하운수가 주연 배우다. 영화 제목인 〈블러드 다이아몬드〉는 전쟁 지역에서 채굴된 다이아몬드를 뜻한다.

2003년 1월, 40개국(대한민국 포함)은 분쟁지역의 다이아몬드 유통을 방지하기 위한 '킴벌리 프로세스' 즉 킴벌리 조약, 킴벌리 협약에 서명하게 된다. 하지만 아직도 분쟁지역의 다이아몬드는 유통되고 시장이 형성되어 있다. 아직 시에라리온에는 20만 명의 소년 병사들이 있다. 블러드 다이아몬드가 무엇인지 정확하게 인식하고 판단할 수 있는 현명한 소비자에 의해 시에라리온의 평화가 달려있다고 봐도 과언이 아니다. 아프리카의 과거와 현재 미래까지도 들여다볼 수 있는 다이아몬드에 얽힌 숨은 이야기를 흥미진진한 전개로 풀어낸다.

아프리카의 내전 속에서 물질에 대한 욕망과 과욕이 부르는 살벌

하면서 인간들의 더러운 밑바닥을 볼 수 있는 모습을 사실적 근거로 해서 만들어진 완성도가 높은 명작이다. 실화를 바탕으로 아프리카의 실상을 적나라하게 보여주는 영화로서 아무런 영문도 모른 채 참혹할 정도로 피를 부르는, 겉은 화려하게 빛나 보이지만 내면을 파고들면 슬픈 다이아몬드의 역사가 아프리카를 말해주고 있다.

우리가 빛나는 순간이거나 화려한 시간을 보낼 때 다이아몬드를 떠올리게 된다. 하지만 화려함 뒤에는 누군가의 희생과 고통이 있었다는 걸 잊지 말아야 할 것 같다. 빛과 그림자처럼 말이다.

5.

디프렛(Difret)
자유를 향한 몸부림

학교에서 집으로 돌아가던 히루는 총을 든 사내들에게 납치를 당하고 강간까지 당한다. 납치당한 히루는 기회를 엿보다 사내들 몰래 탈출을 시도하고, 그 과정에서 총으로 남자를 살해하고 만다. 하지만 남자의 친구들이 히루를 기소하면서 사건은 예상하지 못한 방향으로 흐른다. 히루가 당한 납치는 텔레파의 전통에 따른 관습적인 상황으로 인정되고, 히루의 행위는 정당방위가 아니라 살인으로 간주된다. 이때 여성의 인권을 위해 일을 하던 변호사 메아자가 히루를 보호하기 위해 나선다. 그러나 그녀의 행동은 남성중심주의가 만연한 에디오피아 사회에 대한 위협이 되고, 결국 변호사 자격증을 박탈당하는 지경에 이른다. −〈디프렛(Difret)〉 줄거리 발췌−

1990년대 에디오피아에서 텔레파로 인한 어떤 사건이 일어나고 이것은 법정소송으로, 그리고 여성의 인권에 대한 사회운동으로까지

확대된다. 디프렛은 이 사건을 다룬 영화다. 〈디프렛〉은 아직까지도 낡은 제도에 의해 희생당하는 여성뿐만 아니라 자신들의 목소리를 주장하는 다양한 여성의 진정성을 담아낸다. 그리고 그것은 한 사회의 관습과 법을 바꾸게 되는 변화의 계기가 된다. 법정 영화로서 에티오피아에서 일어난 실화를 바탕으로 한 이 작품은 전근대적 사고방식의 뿌리에 반항하는 내용을 사실적으로 표현하려고 노력한 흔적이 엿보인다. 안젤리나 졸리가 총괄 프로듀서로 참여하여 화제를 모았던 영화다.

아직까지 보수적 성향이 많이 남아있는 에티오피아에서는 남자가 마음에 드는 여성을 납치한 후 결혼까지 할 수 있는 '텔레파'라는 관습이 있다. 현재, 일부에서는 인권모독이라며 반발하는 경우가 허다함에도 불구하고 사회 전반적으로 이를 인정하는 문화가 있어 여성 인권에 대한 인식이 매우 부족하다. 동시대를 살아가는 같은 여성의 입장에서 아프리카라는 열악한 공간과 제도와 사회 속에서 아직도 부당하고 어처구니없는 일들이 외면당하고 인권을 무시당하고 있다는 현실에 분노한다. 영화라는 매체를 통해서도 널리 진실을 알리지만 반복적인 인권 운동을 통해서 그들의 최소한의 기본권을 보장해 주어야 한다고 생각한다.

6.

아웃브레이크(Outbreak)
끝없는 바이러스와의 전쟁

〈아웃브레이크〉는 1995년에 개봉된 가상의 모타바 바이러스에 대한 영화다. 1995년 제작된 재난영화다. 제목인 〈아웃브레이크〉는 세균의 대유행, 여러 나라의 재앙이 될 만한 수준의 세균의 대유행을 뜻하는 말이다. 특전 U보트, 퍼펙트 스톰, 에어 포스 원, 트로이로 유명한 볼프강 페테르젠 감독이 만든 작품으로 생물학적 재난(전염병)이 어떤 식으로 발생되고 확산되어 악화되며 그로 인해 국가가 붕괴되는 것을 막기 위해 정부가 불가피하게 나라를 상당히 말아먹을 결정을 내리는 과정을 극적인 재미도 잃지 않으면서 나름대로 현실적으로 보여주는 데 성공한 편이다.

*출처: 나무위키

전 세계를 공포로 몰았던 2014년 아프리카 기니에서 시작된 에볼라 바이러스를 가만하면 앞으로 일어날 가능성은 얼마든지 열려있다.

이제는 인간이 어떤 바이러스에서도 자유로울 수 없다는 걸 단적으로 보여주는 사례였을 뿐 아니라 대처방안까지도 생각하게 해준 계기가 되었다. 이 영화도 그런 면에서 인간에게 경각심과 자극을 주려는 의도가 다분히 들어있지 않았나 싶다.

오늘날 전쟁, 자연재해, 테러, 등과 같이 위험에 노출된 상태에서 살아가지만 무엇보다도 바이러스에 대한 공포는 더욱 심각하다. 그 배경에는 상징적이고도 우리가 해결하고 뛰어넘어야만 하는 커다란 산과도 같은 장벽이 바로 아프리카이기 때문이다. 그래서 이 영화의 배경도 아프리카가 아닌가 생각해 본다. 매스컴에서 떠들어대지 않는다고 바이러스가 사라진 건 아닐 것이다. 다만, 기억 속에서 사라질 뿐이다. 바이러스는 계속해서 생성되고 그로 인해서 백신을 개발하기를 반복하면서 더욱더 인간에게 강력한 위협을 가할 것임에 틀림없다. 그러기 위해서는 아프리카에 대한 연구를 계속 진행해야만 한다. 왜냐하면 같이 숨을 쉬고 있는 대륙의 일부이기 때문이다.

7.

호텔 르완다(Hotel Rwanda)
끝나지 않는 인종차별

르완다 내전 중 1994년에 일어난 르완다 학살 사건을 중점적으로 다룬 영화로, 르완다의 수도 키갈리에 있는 호텔 밀 콜린스에서 100일 동안 1,200여 명의 난민들을 보호한 지배인 폴 루세사바기나(Paul Rusesabagina)의 실화를 바탕으로 한 영화다. 소재가 비슷하기 때문에 아프리카판 쉰들러 리스트라고 불리기도 한다. 그러나 쉰들러 리스트와는 달리 선진국들의 외면과 무관심을 고발하고 있다. 르완다 학살에 관련된 내용은 방송에서도 잘리고 유엔 평화유지군은 학살이 시작된 지 얼마 안 되어서 다 철수해 버리고 도와주러 온 줄로만 알고 좋아했던 프랑스군은 자국민만 호텔에서 피신시키는 등의 내용이 가감 없이 영화에 나온다.

*출처: 나무위키

이 영화의 주인공 호텔 매니저인 '폴 루세사바기나'는 현재 벨기에로 건너가 살고 있다. 아프리카의 내전에는 프랑스가 있었다. 포괄적으로는 유럽의 지배를 받았다. 내전으로 인해 잔혹한 현실과 참혹한 대가를 치러야 했던 아프리카에서는 아직도 후유증이 곳곳에 남아있다. 노예제도는 아프리카의 안타깝고 불행한 역사의 흔적이기도 할 뿐 아니라 그들의 마음속에 깊은 한으로 남아있음은 우리의 역사와도 일맥상통하는 부분이 가슴을 먹먹하게 한다.

"그들에게 전화하세요. 그리고 전화를 끊을 때, 정말 손을 뻗어 악수를 청하듯 공손히 하세요. 그들이 수치심에서라도 우리를 도울 수밖에 없도록 만드세요." —〈폴 루세사바기나〉—

8.

르벨(Rebelle)
잔인한 전쟁의 현실

캐나다 영화지만 아프리카를 배경으로 한 영화 〈르벨(Rebelle)〉, 르벨의 의미는 '정부 권력에 반영하는 반란을 일으키는 '반란군'의 의미로 부제인 War Witch는 비운의 '전쟁 마녀' 인 주인공 '코모나'를 뜻한다. 영화의 배경인 사하라 사막 이남 아프리카의 한 작은 오지 마을에서 시작된다. 코모나(레이첼므완자)는 부모의 보살핌이 필요한 12살 소녀이다. 그러던 어느 날 갑자기 그녀의 마을에 반란군이 들이닥치게 되고 그들은 마을을 폐허로 만들어 버린다. 반란군(르벨)은 코모나에게 부모를 총으로 쏘지 않으면 칼로 베어버리겠다고 협박하며 코모나가 총으로 부모를 쏘게 한 뒤 반란군으로 데려간다. 그렇게 코모나는 아프리카 반란군 르벨에 합류하게 되고 총을 다루게 된다.

 어린 코모나에게 현실은 가혹하리만큼 끔찍하고 견디기 힘든 시간
이다. 총을 쏘며 사람을 죽일수록 코모나는 유령을 보며 환영에 시달린
다. 부모님의 유령 덕에, 전쟁에 살아남은 코모나는 반란군의 '전쟁 마
녀'로 칭송받게 된다. 한편 코모나는 반군 부대에서 유일하게 그녀를
챙겨주는 주술사라 불리는 15세 소년과 사랑에 빠지게 된다. 우여곡절
끝에 이후 코모나는 반군 최고 우두머리의 '전쟁 마녀'가 된다. 어느덧
세월은 흐르고 14세가 된 코모나는 반군 대장의 아이를 임신하게 된
다. 전쟁의 소용돌이 속에서 희생당해야만 했던 소녀의 가슴 뭉클한 이
야기를 다룬 다큐멘터리 영화다.

르벨의 여주인공 레이첼 므완자는 길거리에서 캐스팅된 배우로, 영화의 현실감을 살리기 위하여 배우들에게 촬영 전에는 시나리오를 읽지 못하게 하였음에도 불구하고 타고난 재능으로 전 세계를 감동시킨 뛰어난 연기를 선보였다. 제62회 베를린국제영화제 은곰상과 에큐메니칼 심사위원특별상을 비롯해 제45회 시체스영화제 최우수 작품상, 제11회 트라이베카 필름 페스티벌 최우수 여우주연상 국제장편경쟁 부문 수상을 거두었다.

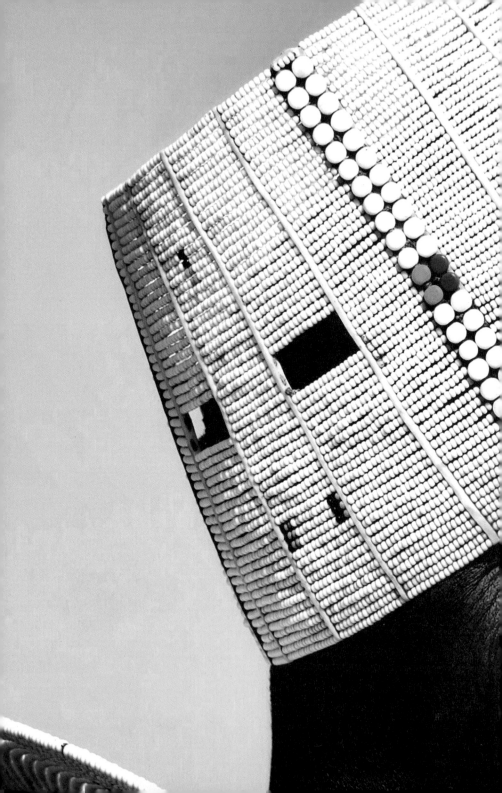

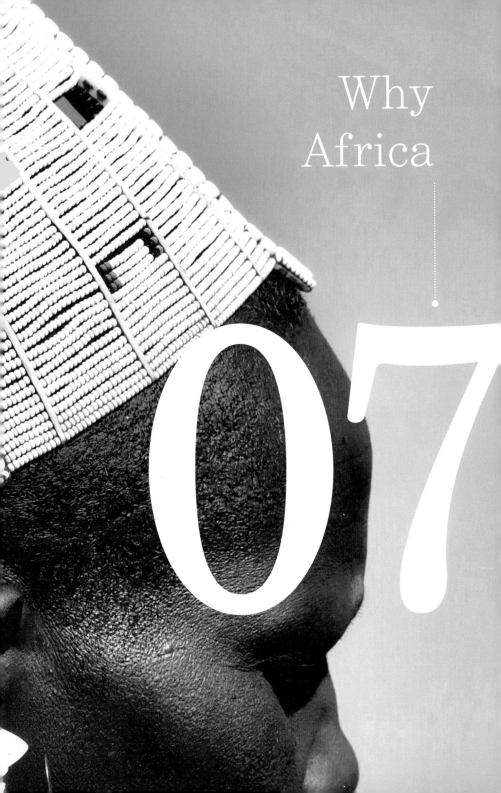

Why
Africa

07

1.

블루오션

아프리카에서 미래의 경제를 보다

　미래의 거대한 틈새시장은 어디가 될까? 기존의 경제개혁의 흐름은 유럽, 미국, 중국을 거쳐서 이젠 아프리카의 여러 곳에 뿌리를 내리기 시작한다. 벌써 누군가는 씨앗을 뿌려 지금은 열매를 수확하고 있는지도 모른다. 그만큼 아프리카는 빠르게 움직이고 있음을 감지해야만 한다.

　우리가 아프리카를 외면하고 뒷전으로 미루고만 있을 때 그들은 귀기울이고 관심을 가지고 투자한 결과 성공을 맛보고 있다. 이처럼 틈새시장 논리는 누구나 할 수 있는 일을 하는 것이 아닌 그 누구도 생각하지 못한 공략으로 과감하게 뛰어들어야 한다. 이것이 바로 블루오션이다.

그러기 위해서는 미래를 보는 눈을 가질 필요가 있다. 다각적인 분석과 넓은 안목 그리고 깊이 있는 지식을 바탕으로 재빠르게 대처해야만 한다. 아프리카라고 해서 예외는 아닐 것이다. 아프리카의 시장은 무궁무진하다. 블루오션으로도 설명할 수 없을 만큼 거대하고 방대한 열린 시장이라고 해도 과언이 아닐 정도로 개척할 수 있는 곳이다. 그러나 현실의 벽은 있는 법, 규제와 위법 그리고 부패정치의 온상에서 어떻게 살아남아야 할 것인지가 과제로 남아있다. 블루오션의 방해 요소다.

그럼에도 아프리카는 충분히 성장 가능성이 있는 곳이고 자격이 있다. 아프리카라는 선입견에 얽매이지 말고 새로운 시각으로 생각의 전환점에서 온전히 쏟아붓기를 바란다. 그리하면 가까운 미래에 블루오션은 우리 곁에서 자리 잡을 것이다. 이제는 아프리카다.

2.

여행의 종착점
엄마 품처럼 따뜻한 안식처

　　첫 여행지의 좋은 추억과 기억 때문에 다음 여행지를 생각하고 다시 떠나게 된다. 마지막 여행지에 따라서 다음 여행지를 떠올리지 않게된다. 마지막이 될 수는 없겠지만 더 이상 가보고 싶은 곳이 없을 때가계속 머무르고 싶을 때다. 아프리카를 마지막 여행지로 추천한다.

　　첫 여행지를 대부분 사람은 가까운 아시아로 시작한다. 여행의 맛을 느낄 때쯤 서서히 유럽으로 눈을 돌리게 마련이다. 유럽의 새로운세상을 접하고 나서는 더 큰 세상을 보기를 원한다. 그곳이 미국이다. 다음은 인종과 문화와 지형이 완전히 다른 하루를 꼬박 걸려야 도착할수 있는 남미. 아시아의 긍정적 마인드와 좋은 기후조건 그리고 다양한 음식문화, 유럽의 고풍스러운 건물과 오래된 유적이 살아있는 북미, 그다음은 오세아니아의 광활한 대자연과 높은 빌딩숲과 선진화된 시스템, 남미의 색다른 문화와 문명의 조화 그리고 생활 방식, 어느 곳을 선택해도 멋지고 아름다운 곳임에 틀림없다.

누구나 가고 싶어 하고 죽기 전에 꼭 가봐야 할 곳의 우선순위를 차지하는 곳도 웬만하면 이곳에 포함이 되어있다. 그러나 우리가 무지해서든 외면해서든 아니면 생각조차도 하지 않았던 곳이 있다. 미지의 세계, 황금의 땅 아프리카다.

　지구 한 바퀴를 돌고 나서야 나 역시도 뒤늦게 아프리카를 알게 됐고, 매력에 빠져서 아직도 헤어 나오지 못하고 있다. 아프리카는 어머니의 품처럼 평온하고 따뜻하다. 때론 가끔 뿜어져 오는 용광로같이 뜨겁게 꿈틀거리게 하면서 나의 가슴을 움직이게 한다. 아프리카야말로 진정한 여행의 쉼터요, 휴식처이자 삶의 마지막을 조용히 행복하게 보내고 싶은 종착역이 될 것이다.

3.

미래가 보인다
기회의 땅으로 가자

　미래의 먹거리와 즐길 거리는 급변하고 있다. 중국이 신흥국으로 떠오르기 시작하면서 머리에서 발 끝까지 중국의 물건으로 덮어버린 지금 아프리카라고 예외는 아니다. 오래전부터 중국의 물건들이 밥상까지 자리 잡고 있다. 그들은 뛰어난 안목과 재빠른 행동으로 아프리카를 빨갛게 그들의 세상으로 서서히 물들이고 있다.

　이제부터라도 미래를 우리의 것으로 바꿔보자. 희망과 기대를 가져보자. 그러기 위해서는 잘못된 인식이나 선입견으로부터 과감히 탈피해서 그들을 이해하고 동반자 입장에서 한 걸음씩 나아간다면 미래는 분명히 밝다.

　미래는 4차 산업혁명의 시대라고들 한다. IT, IoT, 드론의 상용화, 스마트폰, 인공지능 등 첨단 과학의 기술력과 영향으로 지금과는 전혀 다른 세상에서 미래를 맞이하게 된다. 상상 그 이상의 놀라운 속도로 변화하는 시간 속에서 우리는 빠르게 대처해야만 한다. 그렇지 않으면 우린 또다시 기회를 놓치기 때문이다.

　아프리카가 우리의 미래가 될 수 있다. 세계는 자연적인 흐름의 물결을 타고 흘러가기 마련이다. 미래의 아프리카는 새로운 신흥국으로 도약할 것이다. 아프리카에 투자하자. 미래를 준비하자.

4.

시각의 혁명
사고의 대혁명이 필요해

사고의 전환만 한다면 시각은 저절로 바뀔 것이고 새로운 무언가에 시선을 돌리게 될 것이다. 우리는 그동안 시선을 한 곳에만 고정시키고 한가지만을 고집한 체 변화하려는 시도조차 하지 않음을 반성해야 한다. 작은 것에서부터 실천은 이루어진다.

그들은 가난하다.

그러나 우리가 알고 있는 것처럼 결코 무지하지도 낙후되지도 굶주림에 허덕이지도 않는다.

그들은 깨어있다.

우리가 모르는 사이에 교육을 받고 서구의 문물을 받아들이고 있다.

그들은 순수하다.

그렇지만 순진함과는 조금 다른 깨끗함에 가깝다고 할 수 있다.

그들은 친절하다.

그러나 무엇을 바래서가 아닌 마음이 시키는 대로 행동할 뿐이다.

그들은 겸손하다.

그러나 무조건 자세를 낮추지 않고 과욕을 버릴 뿐이다.

그들은 호탕하다.

그렇다고 제멋대로 방탕한 게 아닌 자유로운 영혼의 소유자다.

그들은 슬프다.

그러나 항상 울고 있지만은 않고 눈물을 보이지 않는다.

그들은 다르다.

우리와는 겉모습부터 다르지만 그렇다고 자책하지는 않는다.

그들은 스마트하다.

우리가 사용하고 있는 문명의 혜택을 누리고 있다.

그들은 유쾌하다.

어느 누구든지 웃음을 전한다.

그들은 축복이다.

그들이 사는 현실을 겸허히 받아들이고 행복을 준다.

그들은 사랑이다.

받는 것보다 주는 것에서 아름다움을 배운다.

그들은 분명히 다르다.

그러므로 사고가 달라져야 하며 대전환이 이루어질 때
혁명이라는 거대한 이름으로 불린다.

5.

비즈니스 마인드
겸손하게 다가온다

비즈니스는 왜 필요하고 어떻게 이루어져야 하며 마인드는 어떻게 형성이 되어야 하는가? 비즈니스는 삶의 질을 향상시킬 뿐만이 아니라 모든 분야에서 성장할 가능성을 보여주기 때문이다. 그러면 비즈니스 마인드란 구체적으로 어떤 것일까? 흔히 말하는 발상의 전환과 남들보다 뛰어난 안목으로 폭넓은 가치관과 이해력으로 행동은 민첩하게 처리해야 한다. 염두에 두어야 할 점은 정보력이다. 현실에서 가장 중요하게 다루는 문제이기도 하다. 그런 의미에서 사전에 철저한 조사와 강력한 추진력으로 협상을 뒤집어야 한다. 자칫 자만심이나 자신감에 빠져서 돌이킬 수 없는 일이 벌어질 수도 있지만 그럴 때일수록 여유를 갖는 것 또한 잊지 말아야 한다. 아프리카에서 비즈니스는 겸손하게 접근해야 성공률이 높다. 결코 만만하게 볼일은 아니다. 이미 그들은 사고의 다양성과 생각의 융통성을 갖추고 있어서 섬세한 대화를 이끌 수 있어야 순조로울 듯하다.

그들은 영리하다. 따라서 함부로 행동하거나 섣불리 판단해서는 안 된다. 그동안 여러 번의 시행착오와 외부로부터 오랫동안 아픈 굳은 살이 오히려 단단해졌기 때문이다. 아프리카에서는 기존의 틀을 과감히 버리고 새롭게 시작해야 한다. 그렇지만 그들도 틀 안에서 움직이려 한다. 모험은 싫어한다.

6.

내전의 끝

이젠 자유를 외치고 싶다

아프리카는 아직도 전쟁의 그늘에서 벗어나지 못하고 있다. 참혹함과 굶주림 그리고 마음의 상처를 간직한 채 하루하루를 이겨내고 있다. 전쟁의 이유는 여러 가지가 있겠지만 약소국으로서 불이익을 당하는 경우가 많을 것이다. 전쟁의 아픔도 있겠지만 강대국의 오랜 지배에서의 압박은 어쩌면 더 괴로운 과거일지도 모른다. 누구를 위한 전쟁이며, 무엇을 얻고자 전쟁은 시작되었는지 묻고 싶다.

인류애와 평화를 외치고 있는 지금 우리는 그들에게 따뜻하고 편견 없는 시선과 전쟁의 진정한 끝을 보여줘야 하지 않을까? 이것이야말로 그들이 바라는 진정한 화해의 모습이 아닐까 싶다. 전쟁의 아픔을 이미 겪어서 알고 있고 지금도 분단의 대치 속에서 살고 있는 우리나라이기에 더욱더 쓰라리게 피부에 느껴진다.

또한 한국 전쟁 당시에 참전한 나라도 있어서 그들에게 쏟는 애정은 남다를 수밖에 없다.

예전보다는 독립을 하거나 종전으로 평화로운 곳이 있지만 아직도 아프리카의 많은 곳에서는 전쟁의 굴레에서 벗어나고 싶어 할 것이다. 이제는 우리가 그들을 보호하고 자유를 누릴 수 있도록 도와줘야 한다.

아프리카의 나라들은 그동안 많은 희생이 있었다. 우리가 그들을 외면하고 버림받은 땅이라고 따가운 시선과 편견과 선입견으로 바라볼 때, 고통받고 있다. 그들은 어두운 긴 터널을 벗어나려 하고 있다.

서서히 밝은 해가 떠오르듯 희망이 비추고 있다. 전쟁의 끝은 반드시 보인다. 그곳에서 자유로움의 달콤함을 맛보았기 때문이다. 아프리카는 자유다.

7.

희망의 메시지
아프리카에서 전하는 희망의 메시지

아프리카에서 바라본 태양은 더 검붉고 더 뜨겁고 더 이글거린다. 그들의 얼굴에서 전해지는 웃음은 더 강렬하다. 강함을 넘어 특별하다. 검은 피부색의 그림자 뒤편으로 밝게 빛나는 미소는 말이 필요 없이 뜻밖의 메시지를 전해준다. 그 속에는 많은 것이 담겨있다. 미래에 대한 희망이다. 그들과 우리가 함께 이룰 수 있는 많은 것들이 있다. 이제 시작이다. 숨은 보석들을 찾아야 할 때이다. 그들이 우리에게 전하는 작지만 큰 울림이 들리는가? 겸손한 자세로 앞으로 나아간다면 반드시 희망의 증거를 보여줄 것이다. 달콤한 열매를 맛보게 해줄 것이다. 희망의 메시지가 힘차게 들린다.

왜, 아프리카인가

초판 1쇄 발행 2022. 3. 4.

지은이 나선영
펴낸이 김병호
편집진행 임윤영 | **디자인** 정지영

펴낸곳 주식회사 바른북스
등록 2019년 4월 3일 제2019-000040호
주소 서울시 성동구 연무장5길 9-16, 301호 (성수동2가, 블루스톤타워)
대표전화 070-7857-9719 **경영지원** 02-3409-9719 **팩스** 070-7610-9820
이메일 barunbooks21@naver.com **원고투고** barunbooks21@naver.com
홈페이지 www.barunbooks.com **공식 블로그** blog.naver.com/barunbooks7
공식 포스트 post.naver.com/barunbooks7 **페이스북** facebook.com/barunbooks7

· 책값은 뒤표지에 있습니다. **ISBN** 979-11-6545-645-0 03810

바른북스는 여러분의 다양한 아이디어와 원고 투고를 설레는 마음으로 기다리고 있습니다.